Hace que dibujar sea fácil y divertido

Puedo dibujar

Sigue estos pasos sencillos para aprender a dibujar muchos personajes encantadores y vehículos de todo tipo.

•

Arranca las páginas de práctica y úsalas para perfeccionar tus dibujos antes de crear el definitivo en el libro.

En este libro hay:

- Animales que se arrastran y asustan
- Animales salvajes
- Amigos de la granja
- Criaturas mimosas
- Vida marina
- Cosas que se mueven

Vamos a dibujar formas

En este libro los personajes y vehículos se dibujan a partir de formas básicas. Intenta dibujarlas aquí para practicar.

Espiral:

Empiezas en el medio y vas haciendo un giro cada vez más grande.

Cuadrado:

Son cuatro líneas rectas iguales.

Rectángulo:

Dibuja dos líneas rectas cortas y dos líneas rectas largas a ambos lados.

Intenta dibujar la tuya...

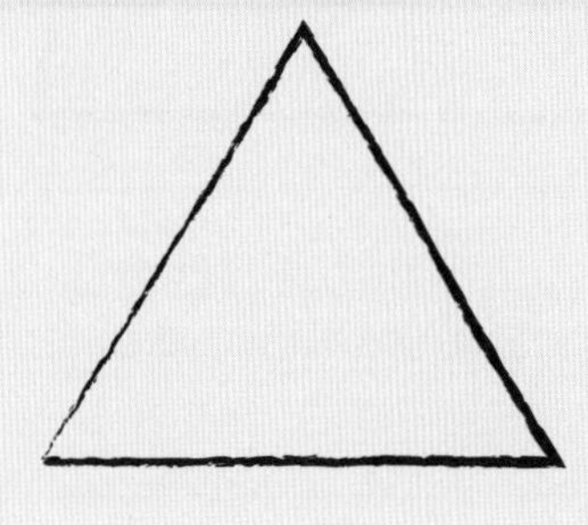

Triángulo 1:

Dibuja tres lados rectos e iguales.

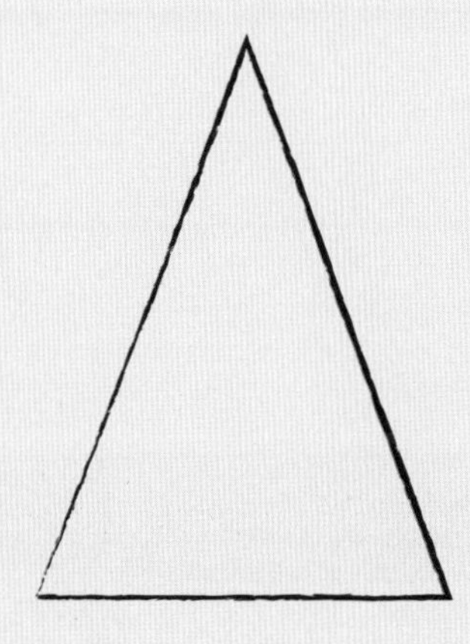

Triángulo 2:

Dibuja dos lados largos y rectos, y un lado recto más corto.

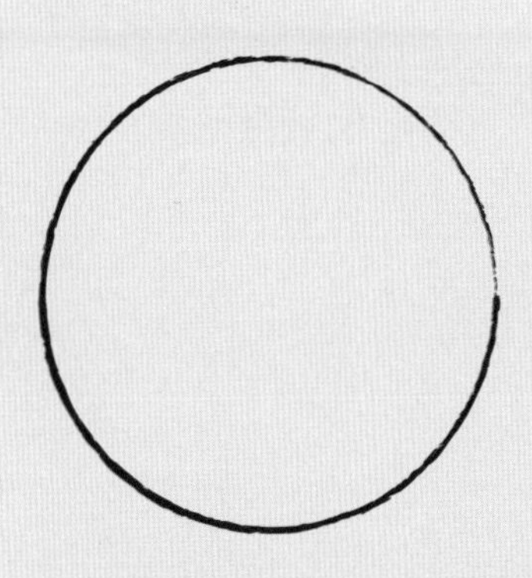

Círculo:

Dibuja un lado redondo que se conecta.

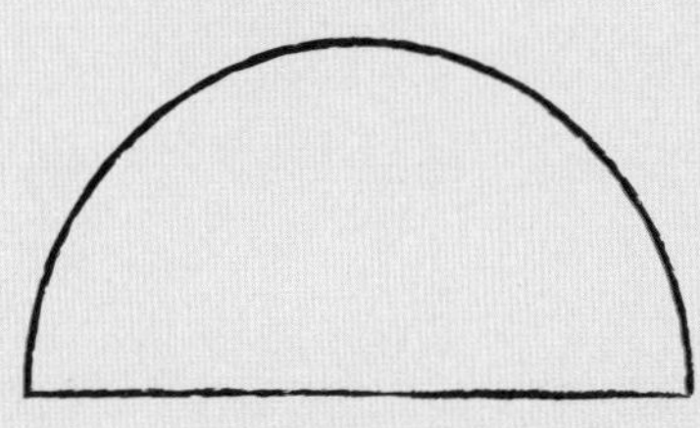

Semicírculo:

Dibuja medio círculo y ciérralo con una línea recta.

Intenta dibujar la tuya...

Mariquitas a lunares

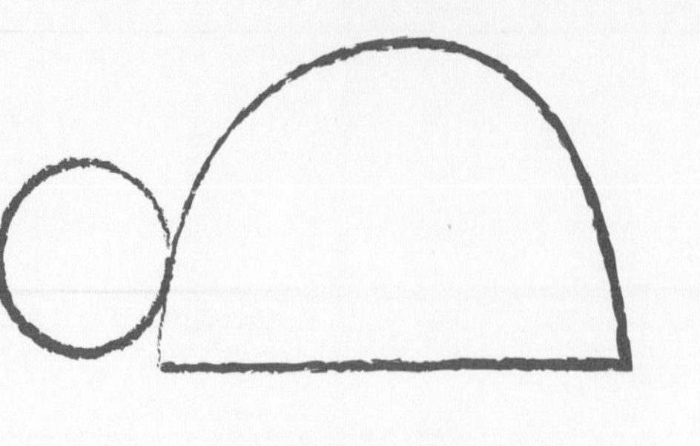

1 Dibuja un círculo para la cabeza y un semicírculo para el cuerpo.

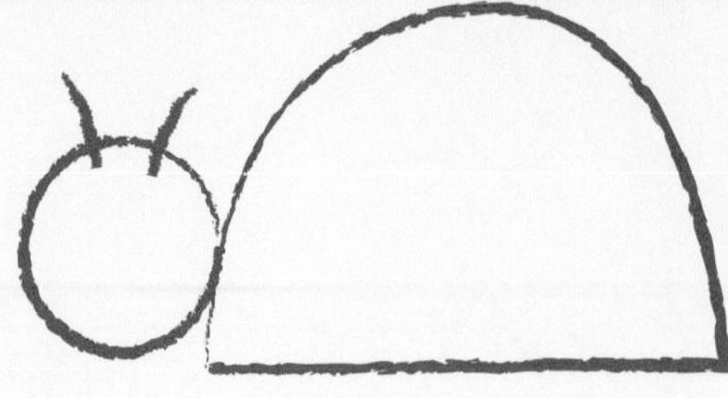

2 Agrégale las antenas. Son dos líneas cortitas.

Intenta dibujar la tuya...

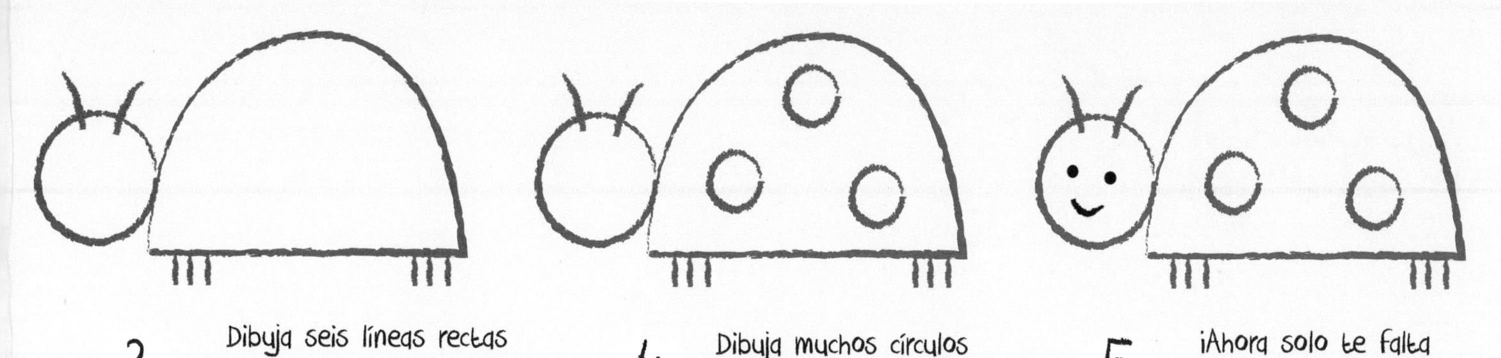

3 Dibuja seis líneas rectas y cortas que serán las patitas.

4 Dibuja muchos círculos pequeños que serán las manchitas o lunares.

5 ¡Ahora solo te falta la carita sonriente!

Libélulas con alas preciosas

1

El cuerpo es un óvalo bien delgado.

2

Las alas son cuatro óvalos también delgados.

3

Con dos líneas que terminan en un rulo harás las antenas.

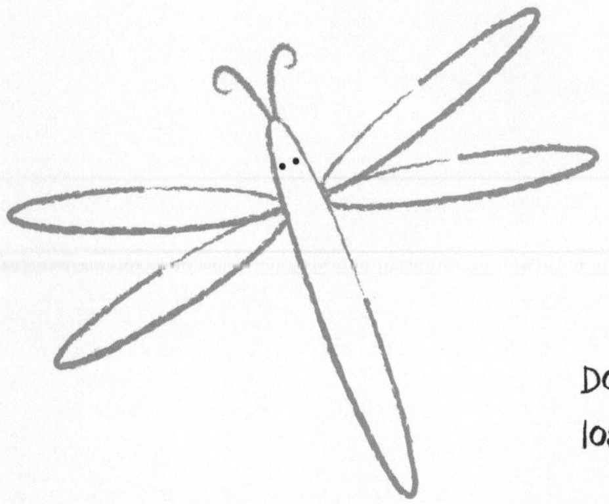

4

Dos puntitos serán los ojos ¡y ya está!

Intenta dibujar la tuya...

Sapos fantásticos

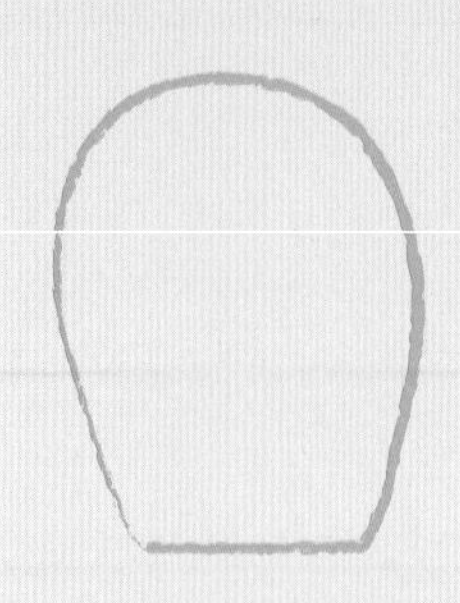

1 Dibuja el cuerpo.

2 Agrega dos círculos que serán los ojos.

Intenta dibujar el tuyo...

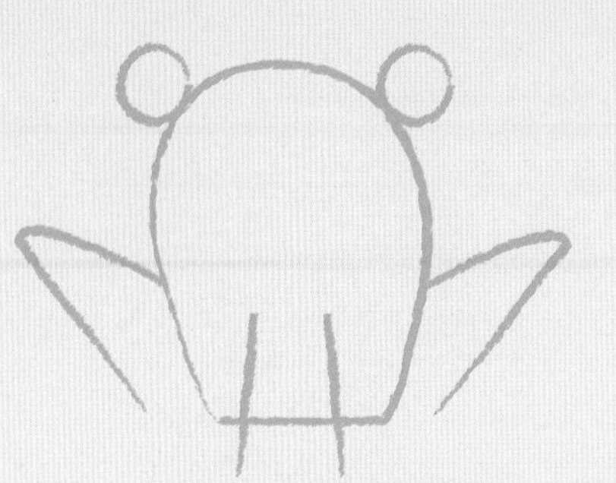

3 Dibuja las patas: dos líneas rectas y dos líneas más largas y en ángulo.

4 Ponles pequeños trazos al final de cada pierna para hacer los pies.

5 Faltan solamente los puntos que marcan los ojos y una bocota bien grande.

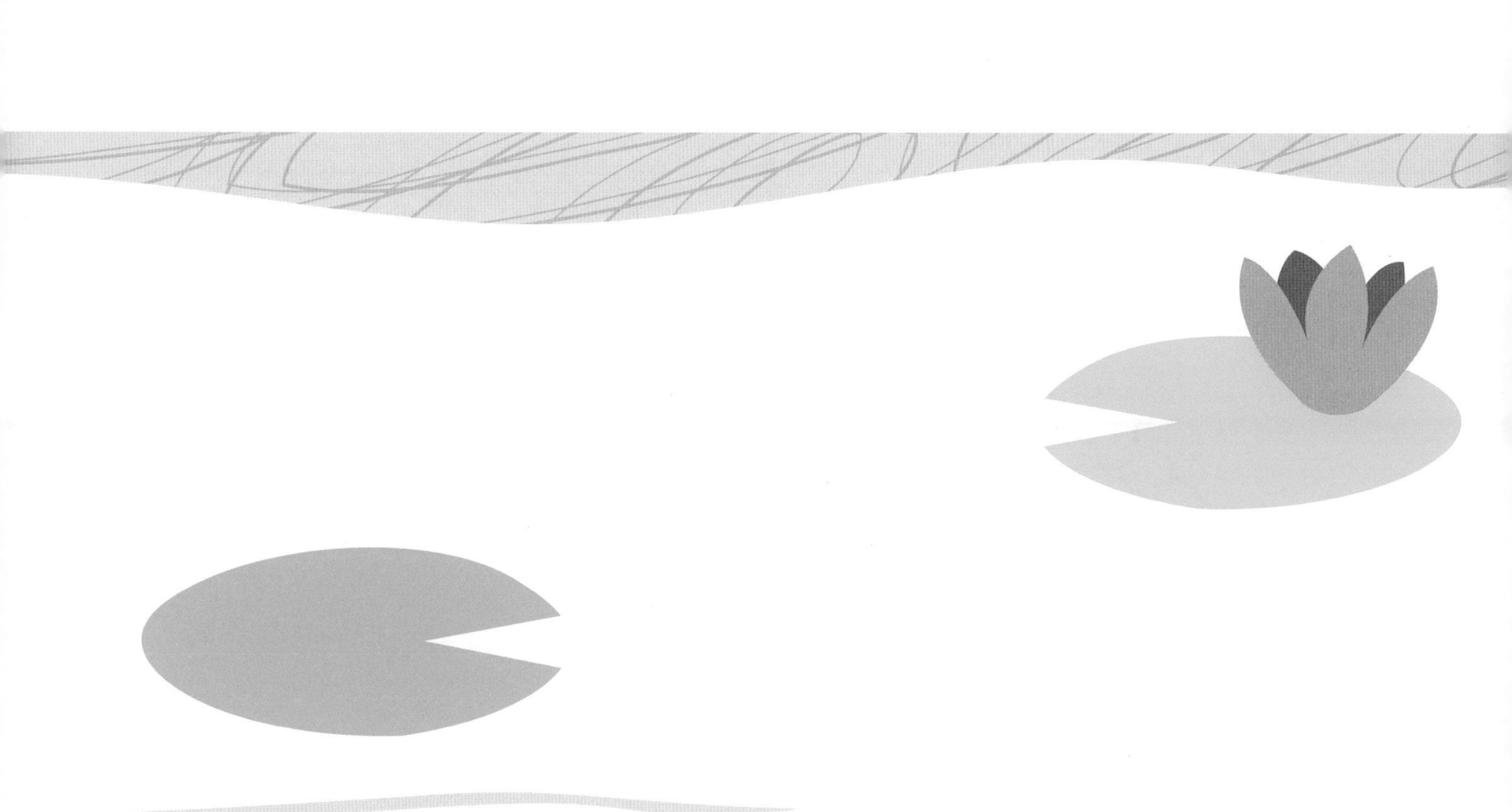

un ciempiés que pasea

1

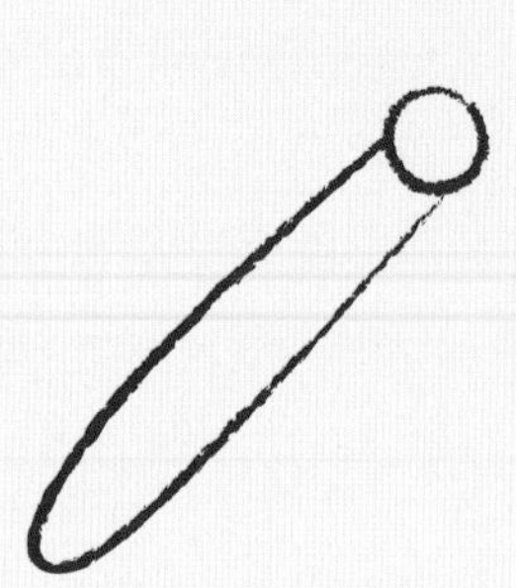

La cabeza será un círculo pequeño. Y el cuerpo es largo.

2

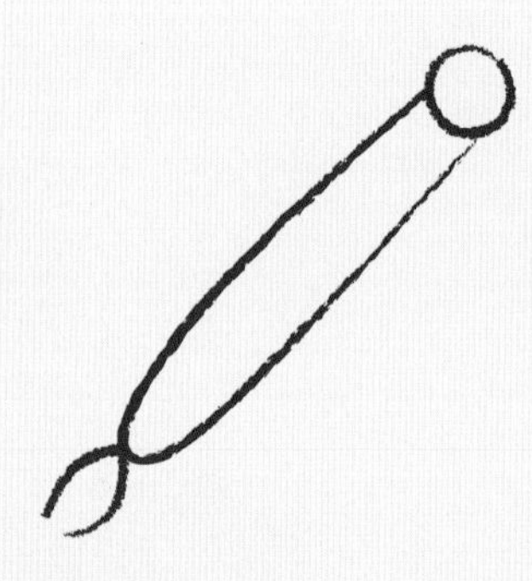

Dibuja dos patitas traseras.

3

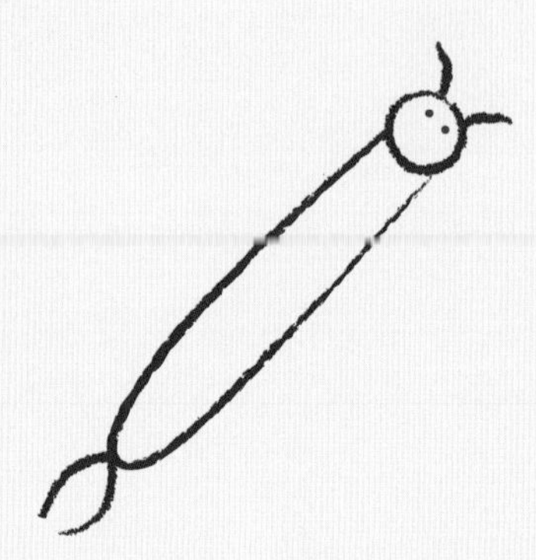

Ahora, las antenas y los ojitos.

4

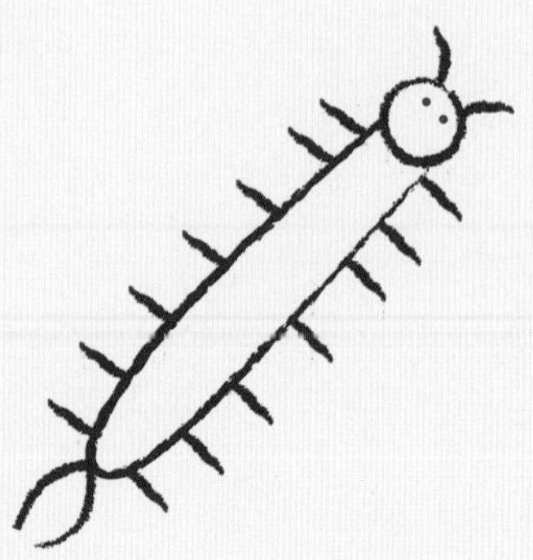

Agrega muchas líneas cortas para las piernas.

Intenta dibujar el tuyo...

¡Salta, salta, saltamontes!

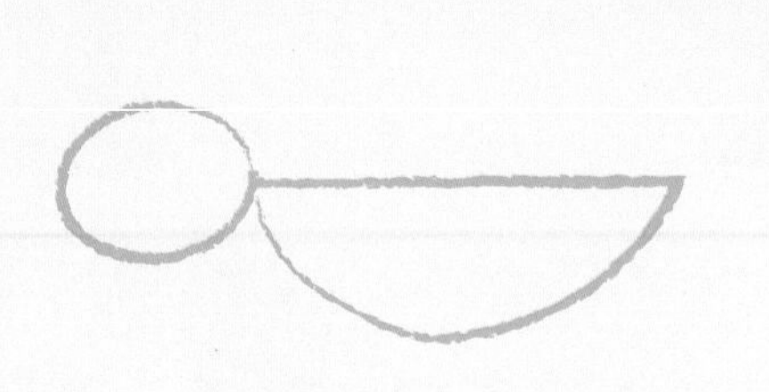

1 Dibuja un óvalo para la cabeza y un semicírculo para el cuerpo.

2 Ahora agrega las antenas. Son dos líneas cortas y un poco curvas.

Intenta dibujar el tuyo...

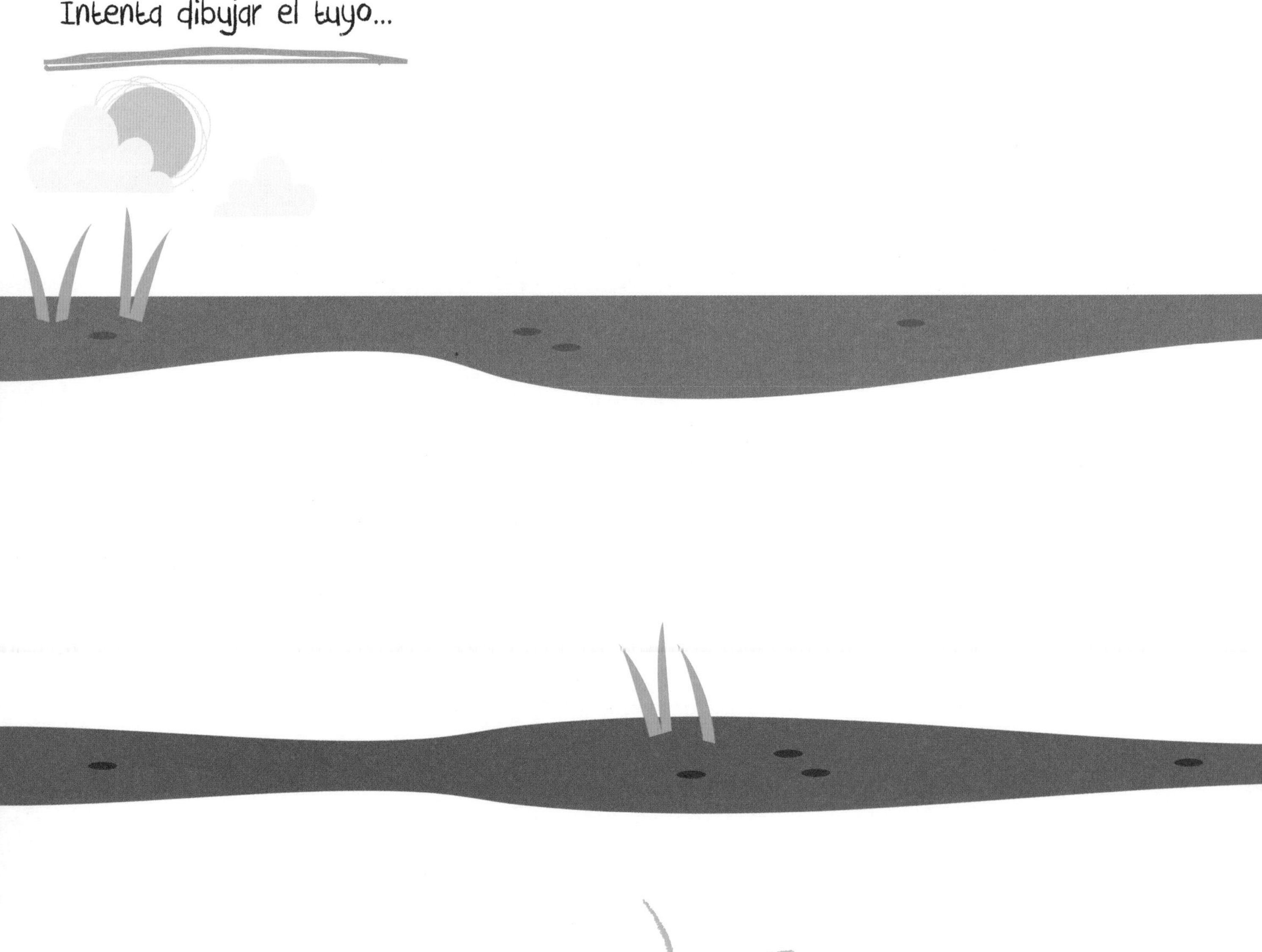

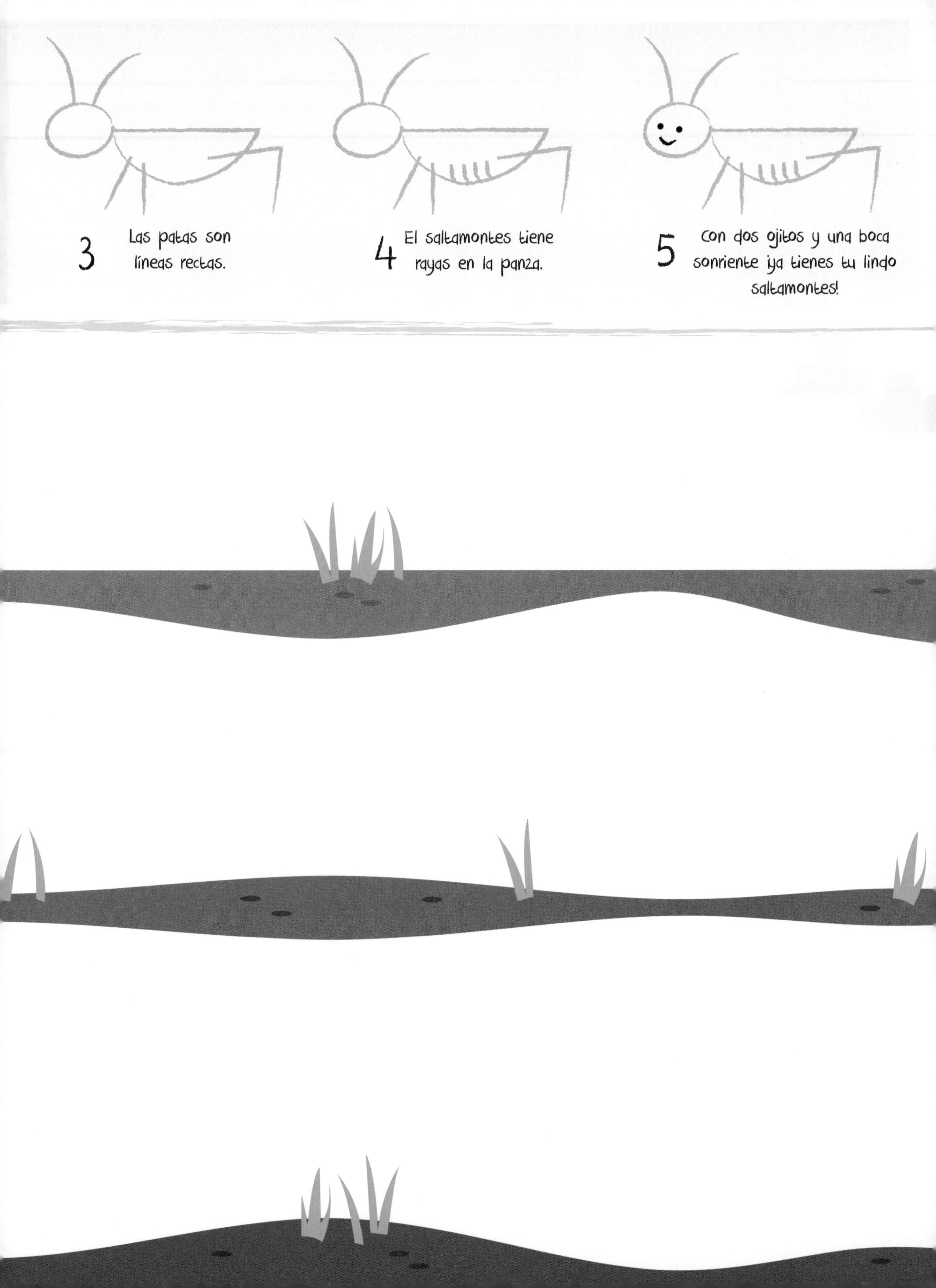
3 Las patas son líneas rectas.
4 El saltamontes tiene rayas en la panza.
5 Con dos ojitos y una boca sonriente ¡ya tienes tu lindo saltamontes!

Caracol, caracol, saca tus cuernos al sol...

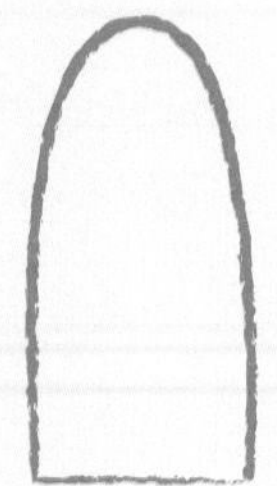

1

Dibujamos el cuerpo del caracol.

2

Y un círculo que será su casita. ¡No olvides dibujar la cola!

3

Dentro del círculo, traza una línea en espiral.

4

Faltan las antenas, los ojitos y la sonrisa.

Intenta dibujar el tuyo...

Babosas locas

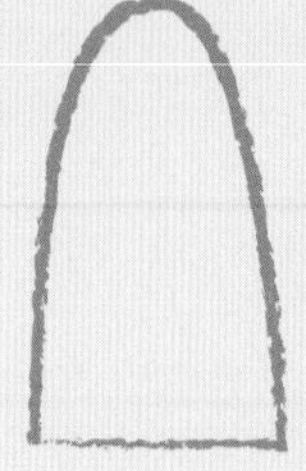

1 Dibujamos el cuerpo.

2 Y le agregamos una cola.

Intenta dibujar la tuya...

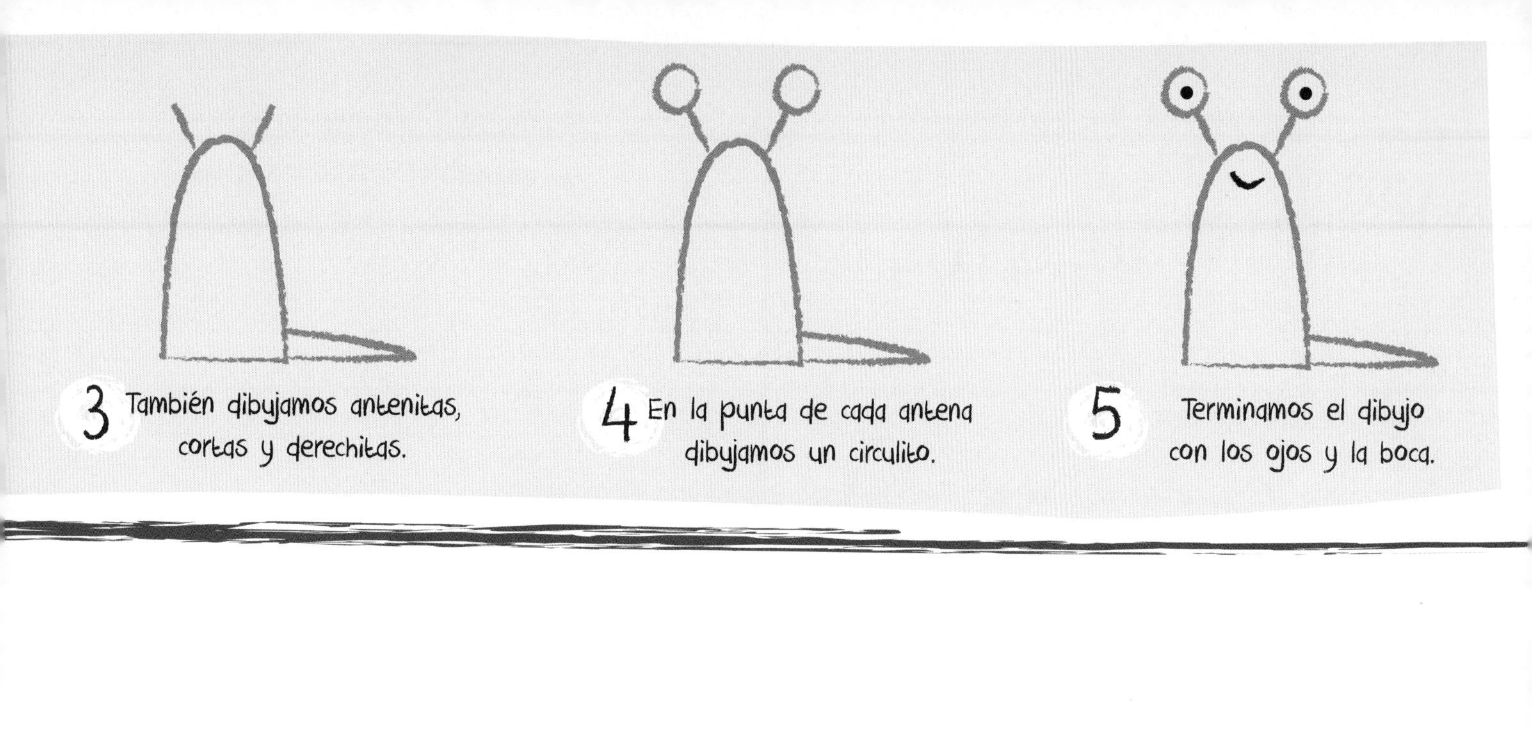
3 También dibujamos antenitas, cortas y derechitas.
4 En la punta de cada antena dibujamos un circulito.
5 Terminamos el dibujo con los ojos y la boca.

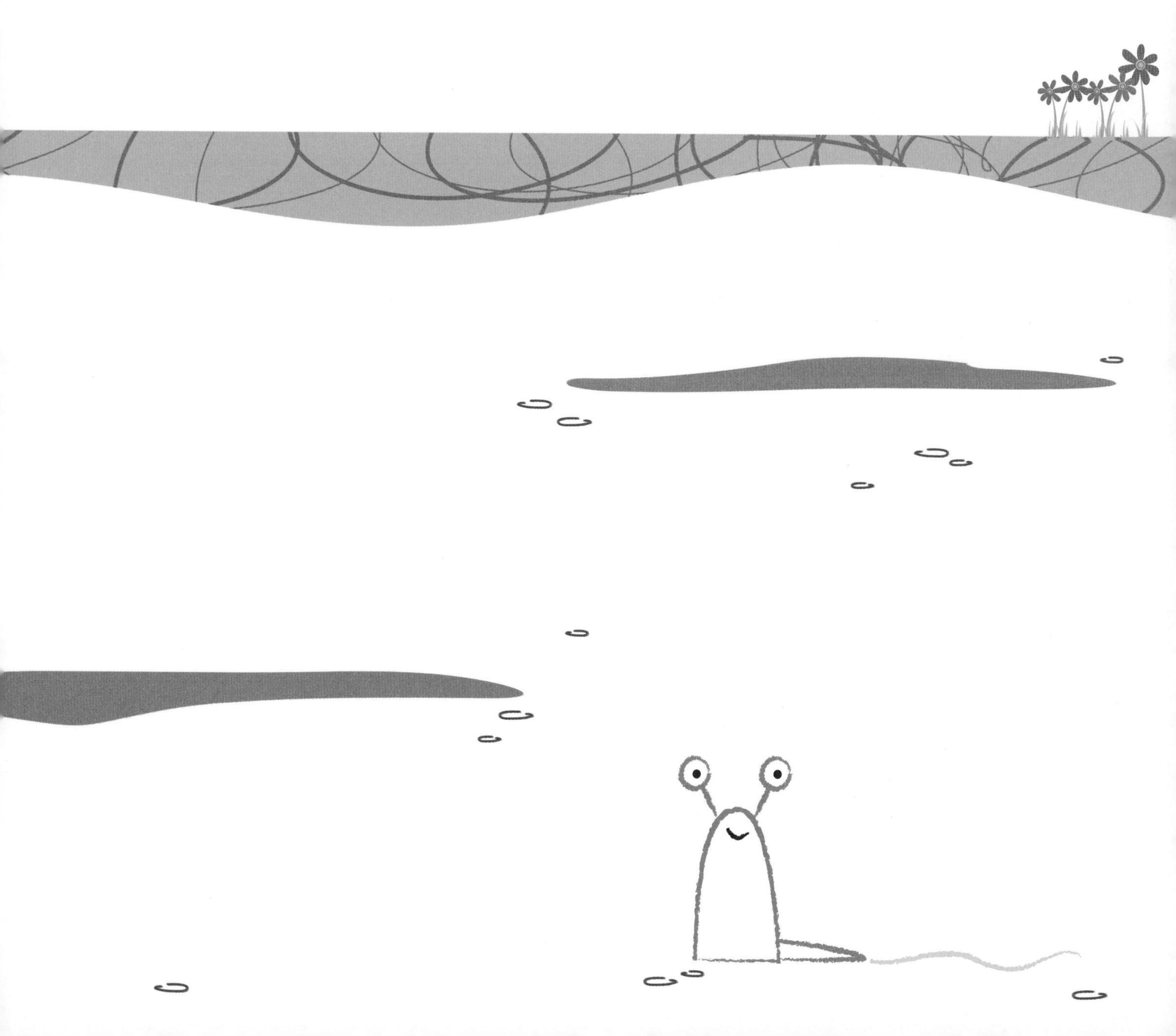

Una oruga que se arruga

1

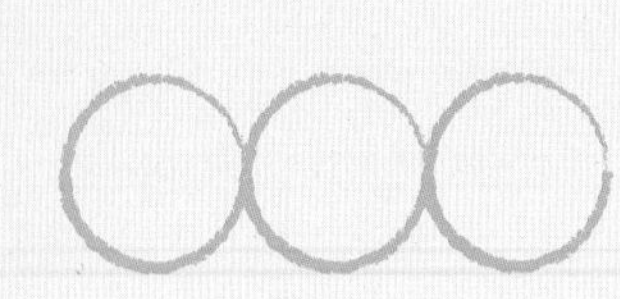

Dibuja tres círculos para hacer el cuerpo.

2

Agrega seis líneas cortitas que serán las patas.

3

Falta un círculo más para hacer la cabeza.

4

Dibuja la carita y las dos antenas.

Intenta dibujar la tuya...

Renacuajos alegres

1

La cabeza es un óvalo.

2

y la cola es una línea sinuosa.

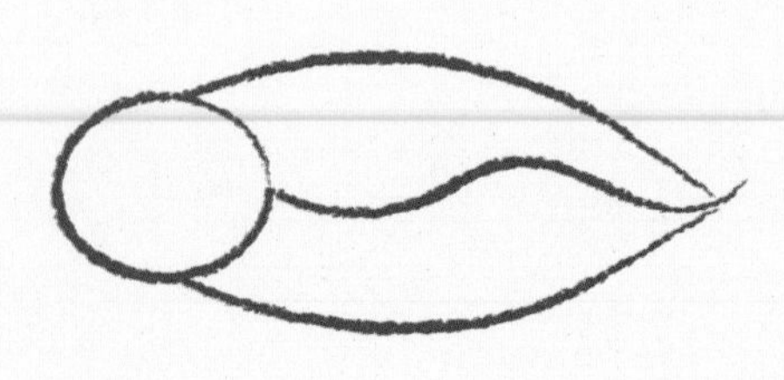

3

Agregamos dos líneas curvas para completar la cola.

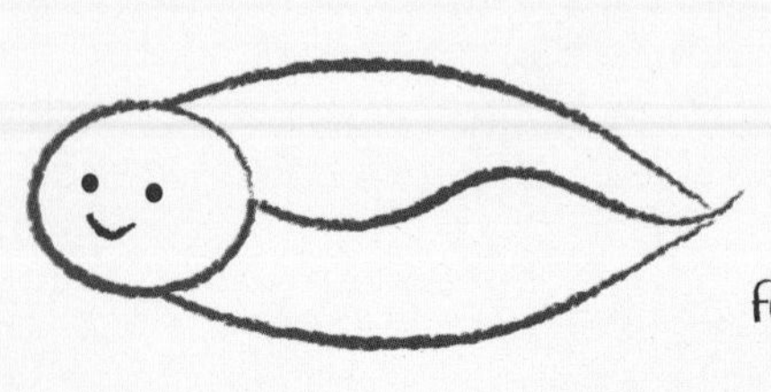

4

completa la carita feliz de tu renacujo.

Intenta dibujar el tuyo...

Geckos traviesos

1

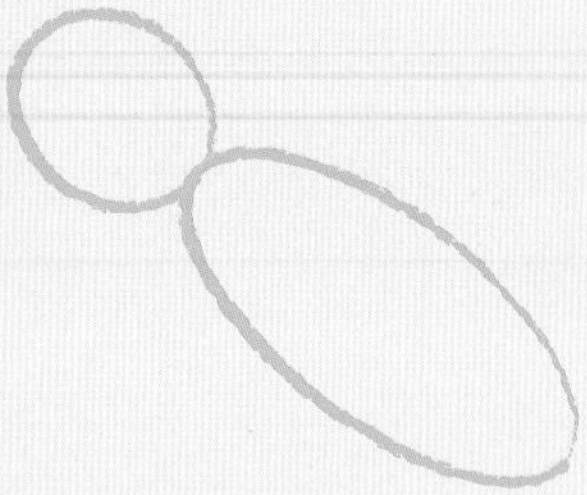

La cabeza es un círculo. El cuerpo es un óvalo.

2

Ahora dibuja líneas curvas para las patas y la cola.

3

Agrega los ojitos y los cuatro pies que le ayudan a trepar por las piedras.

Intenta dibujar el tuyo...

¡Tarantulas que asustan!

1

Dibuja un círculo pequeño para la cabeza y otro más grande para el cuerpo.

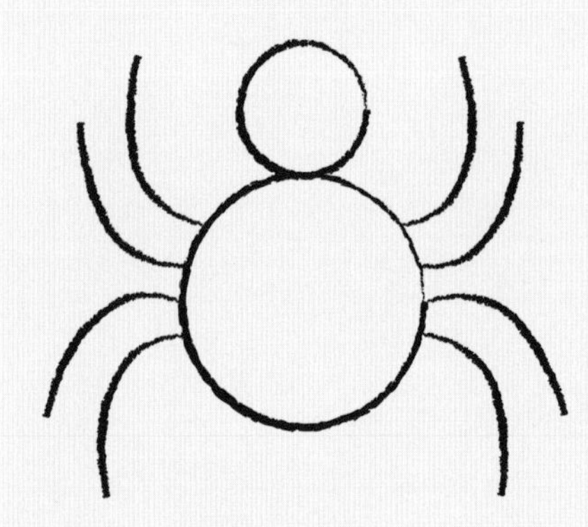

2

Ahora agrega ocho líneas largas que serán las patas.

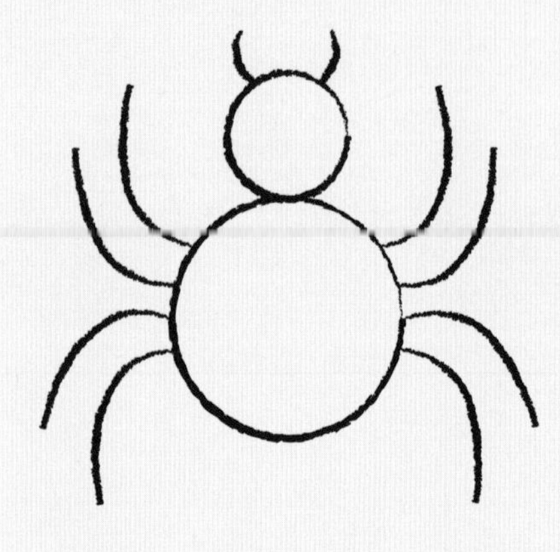

3

Faltan las dos líneas cortas para las pinzas.

4

Dibuja los terribles ojos y rayas del cuerpo ¡y listo!

Intenta dibujar la tuya...

cobras que reptan

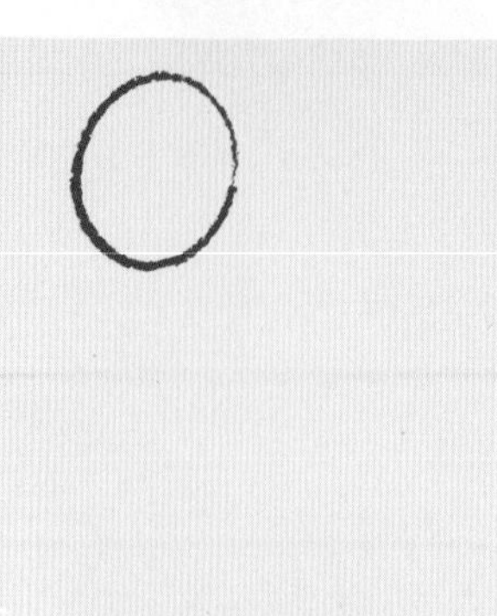

1 Dibuja la cabeza. Es un círculo.

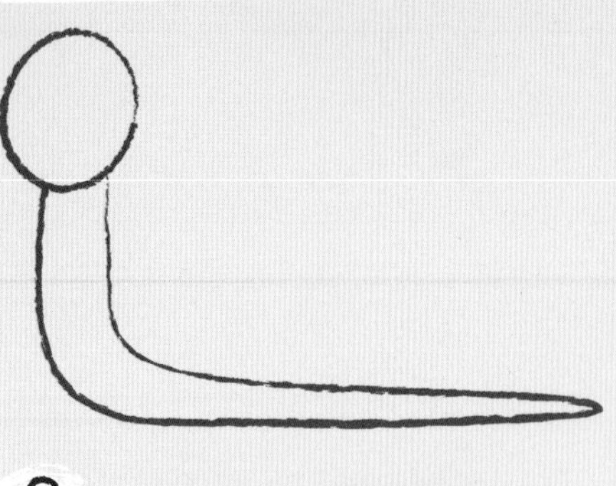

2 Ahora, haz el largo cuerpo de la cobra.

Intenta dibujar la tuya...

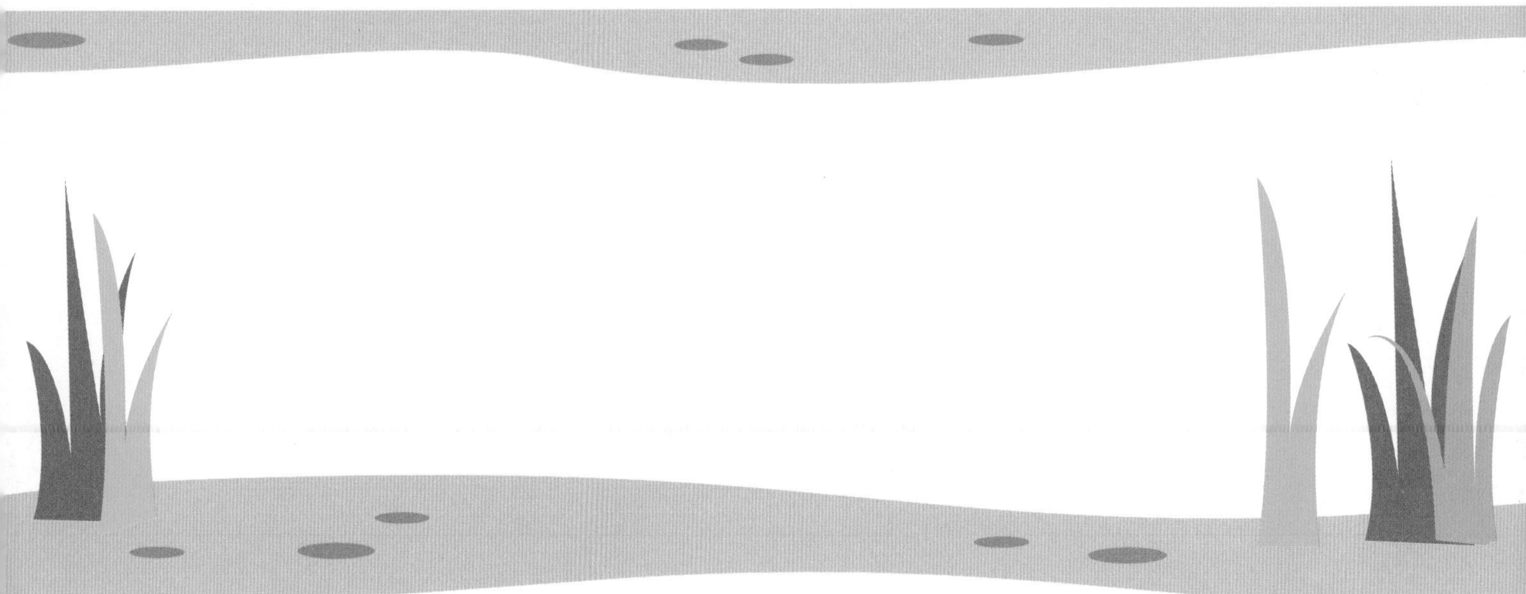

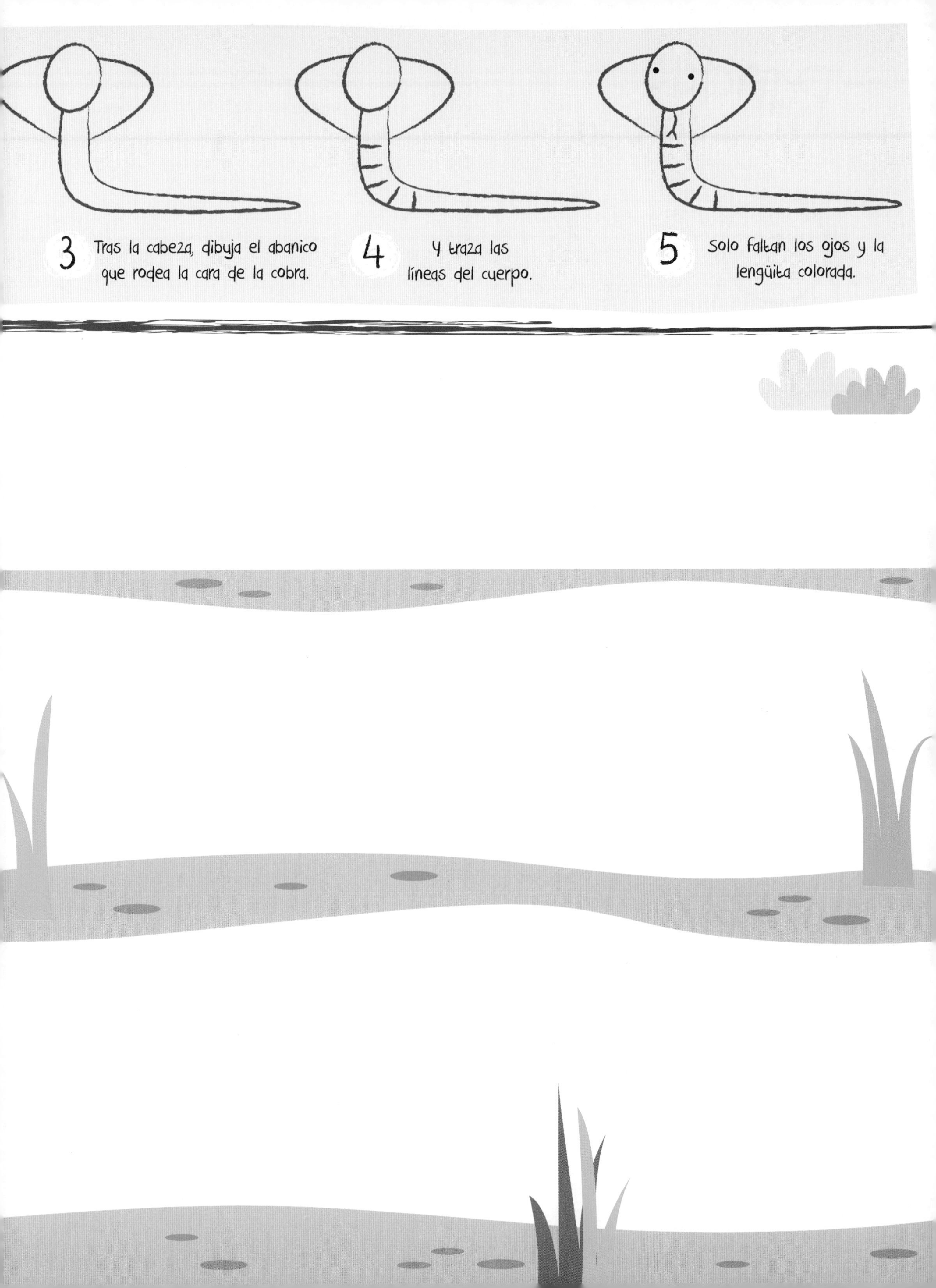
3
Tras la cabeza, dibuja el abanico que rodea la cara de la cobra.
4
Y traza las líneas del cuerpo.
5
Solo faltan los ojos y la lengüita colorada.

Pandas amorosos

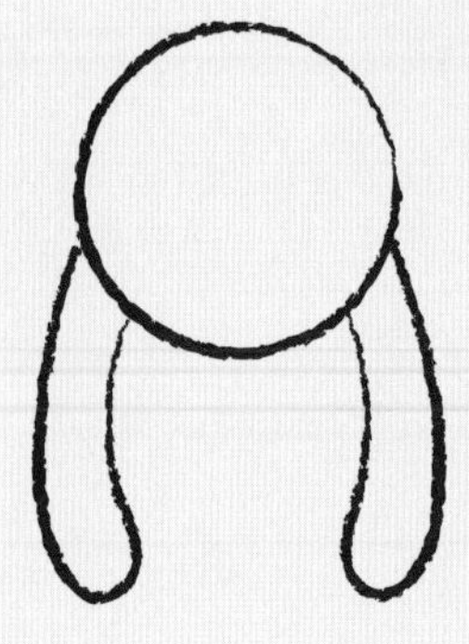

1

Dibuja un círculo para la cabeza y agrégale dos brazos largos.

2

Una línea curva debajo y otra más marcarán la pancita del panda. Faltan las orejitas, que son dos semicírculos.

3

Las patas son dos óvalos, uno a cada lado.

4

Dibuja la carita simpática del panda. No olvides marcar bien sus ojitos con círculos.

Intenta dibujar el tuyo...

Leones al acecho

1

Dibuja un círculo rodeado de la melena. Es la cabeza de tu león.

2

Ahora agrega el cuerpo y dos semicírculos que serán las orejas.

3

Agrega cuatro patas y una cola.

4

Dale una cara feroz a tu león, y agrega el pompón de la cola.

Intenta dibujar el tuyo...

Elefantes enormes

1

Dibuja un rectángulo. Será el cuerpo del elefante.

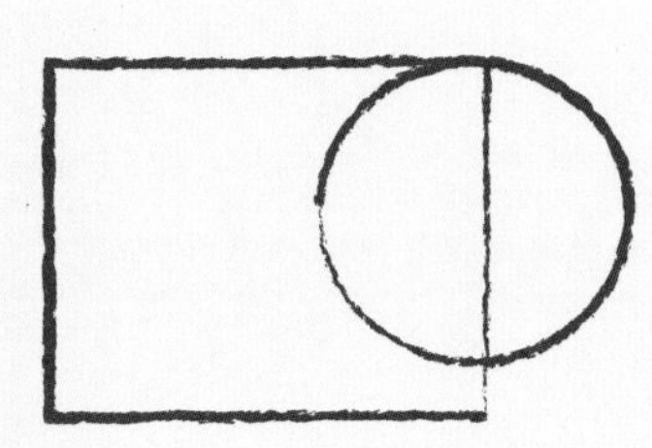

2

Ahora, agrega un círculo sobre un extremo del rectángulo. Será la oreja y la cabeza.

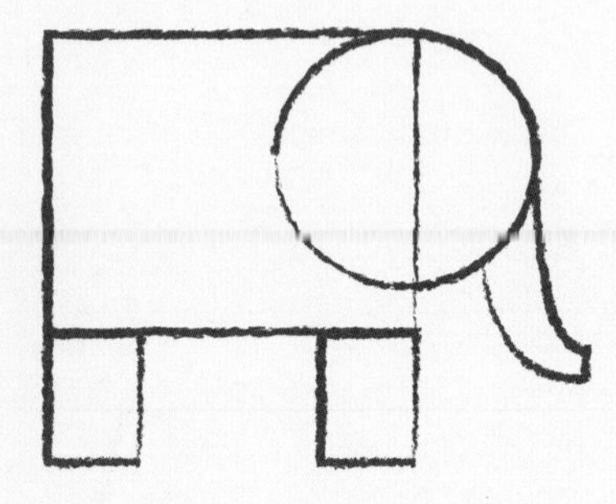

3

Dibuja dos rectángulos para las patas y una trompa larga.

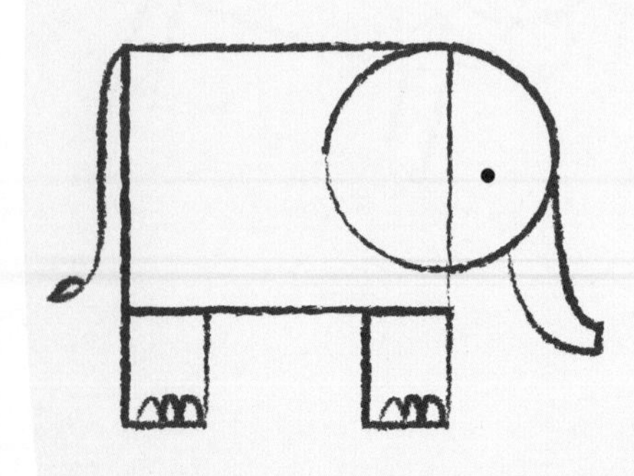

4

Solo falta la cola, el ojo y las grandes uñas de las patas.

Intenta dibujar el tuyo...

Camellos inteligentes

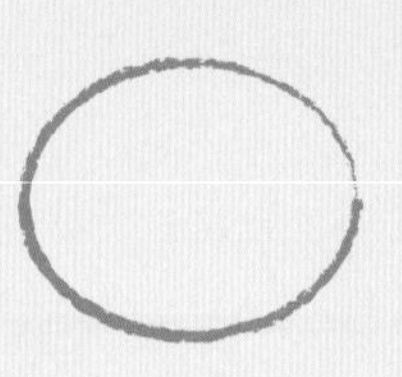

1 Haremos el cuerpo en forma de óvalo.

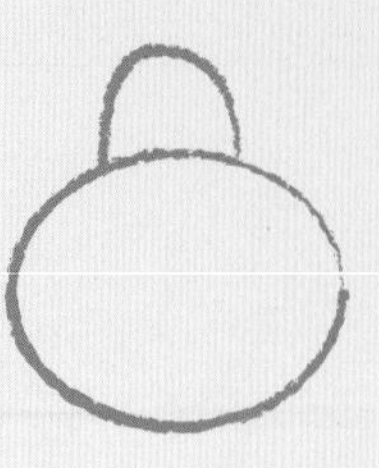

2 Y con un semicírculo marcamos la joroba.

Intenta dibujar el tuyo...

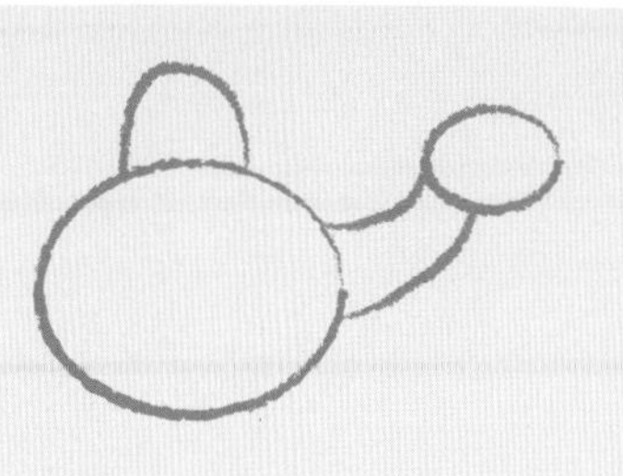

3 Dibujamos el cuello y un óvalo para la cabeza.

4 Agregamos líneas para hacer la cola y las patas.

5 Solo falta el ojo y la oreja ¡y listo!

Hipopótamos hambrientos

1

Traza un círculo grande para el cuerpo y agrega dos patas.

2

Con un óvalo harás la nariz y le agregarás dos círculos pequeños. También dibuja las uñas de las patas.

3

La cabeza es un semicírculo.

4

Dos ojitos y dos orejas ovaladas completan tu hipopótamo.

Intenta dibujar el tuyo...

Guepardos guapos

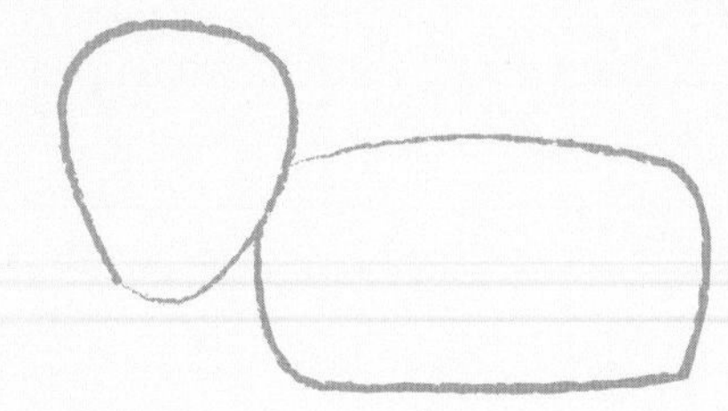

1

Dibuja la cabeza y el cuerpo.

2

Ahora agrega dos semicírculos para las orejas y una línea sinuosa para hacer la cola.

3

Faltan los ojos y dos líneas curvas. También, dibuja líneas para cuatro patas.

4

Agrega una nariz, la boca y muchas manchas.

Intenta dibujar el tuyo...

Un gorila torpetón

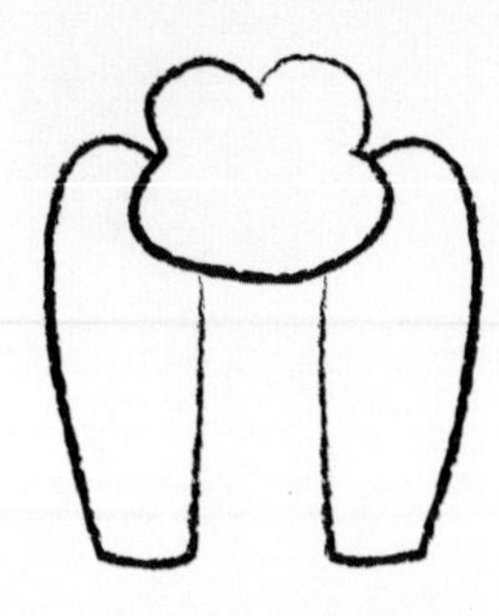

1 Dibuja la cara del gorila y sus dos brazos fuertes.

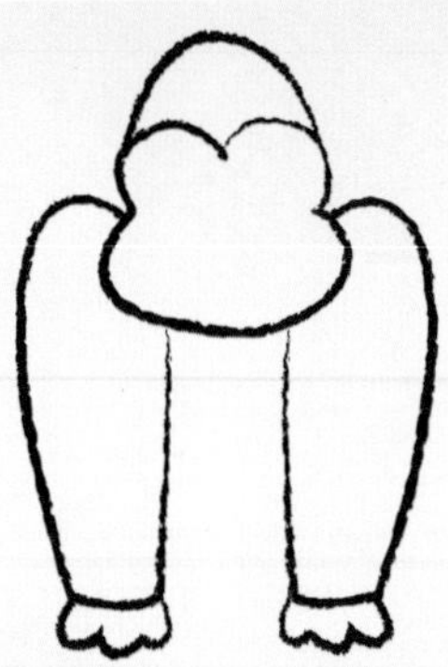

2 La parte superior de la cabeza e un semicírculo. Dibuja sus manos

Intenta dibujar el tuyo...

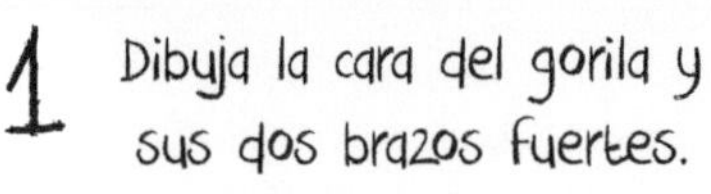

3 Termina de dibujar el cuerpo y las patas traseras.

4 Ahora faltan las orejas.

5 Dale una cara contenta a tu gorila.

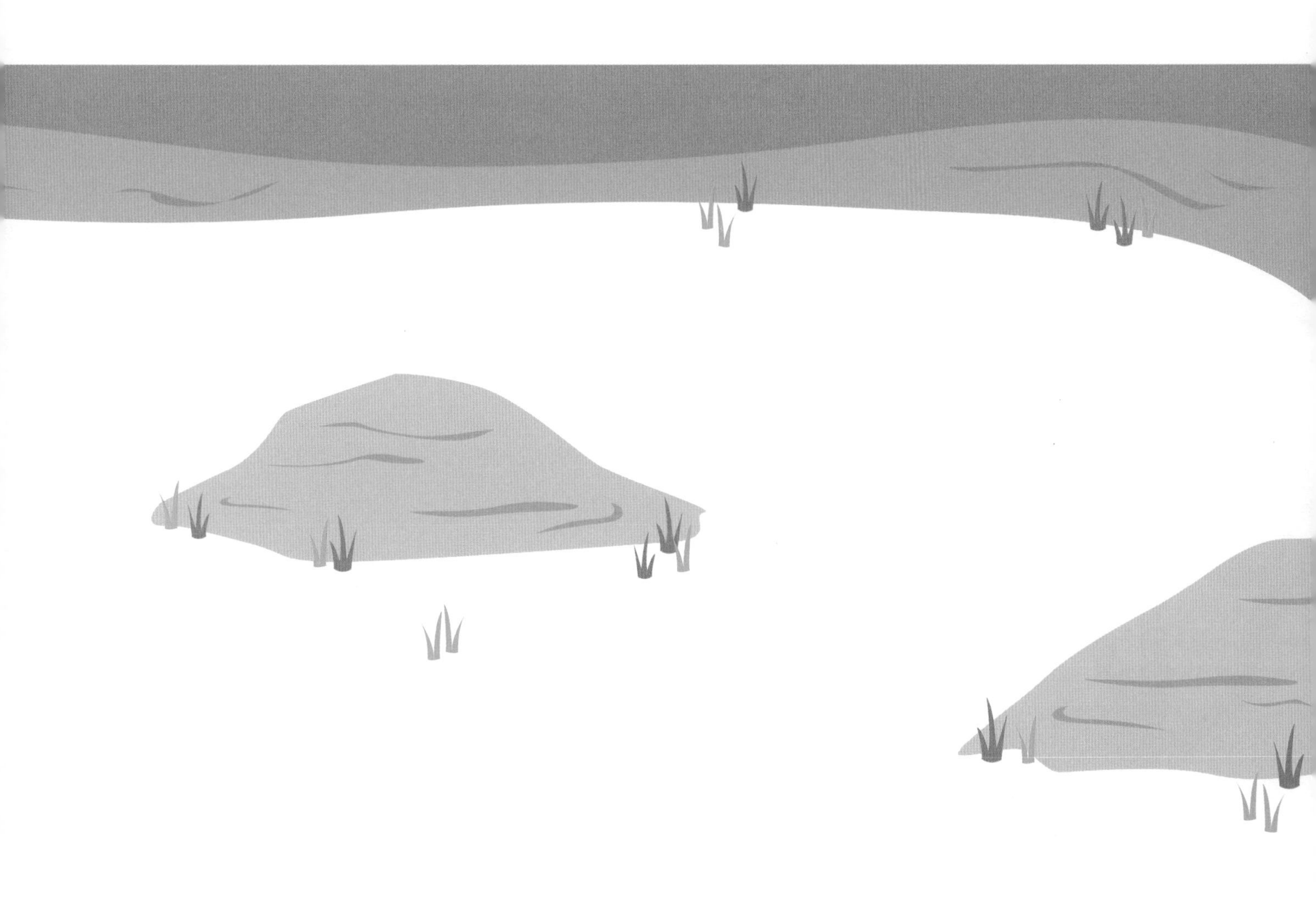

cebras simpáticas

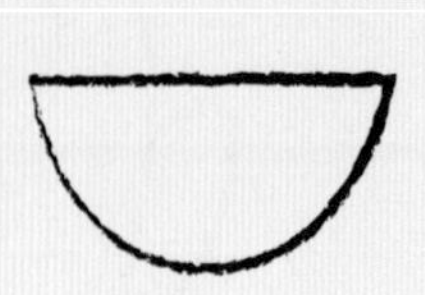

1 Dibuja un semicírculo para hacer el cuerpo.

2 Agrega un cuello largo y una cabeza.

Intenta dibujar la tuya...

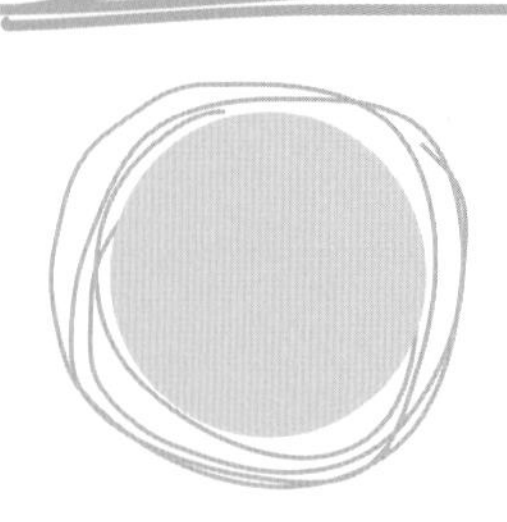

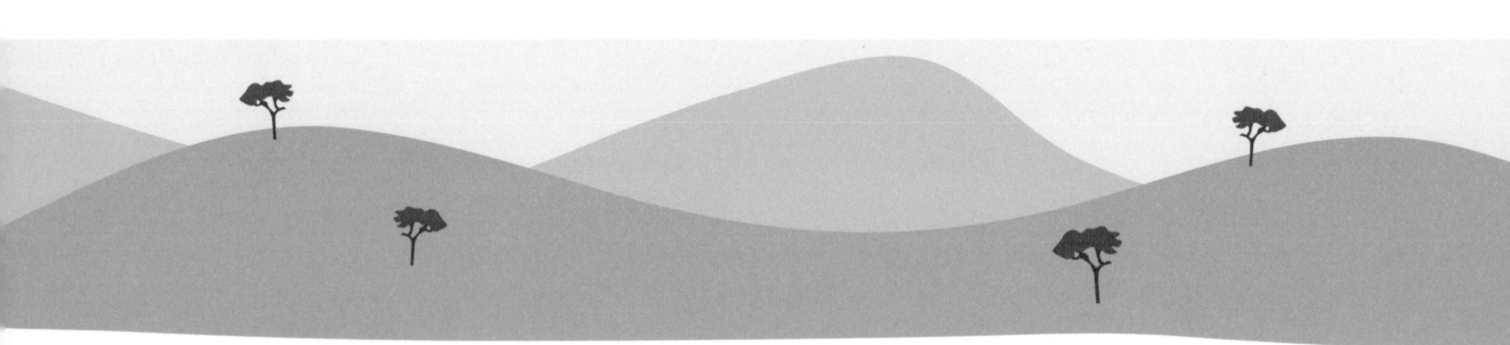

3 Las patas son líneas rectas. Agrega la cola.

4 Faltan las orejas y la crin.

5 Dibuja el hocico y el ojo. ¡Ahora faltan las rayas!

Jirafas gigantes

1

Dibuja una cabeza
y un cuello muy largo.

2

El cuerpo es
un rectángulo.
Dibuja las orejas.

3

Agrega líneas para
las patas y la cola.
Dibuja dos cuernitos.

4

Faltan los ojitos y
la nariz. ¡Y muchas
manchas!

Intenta dibujar la tuya...

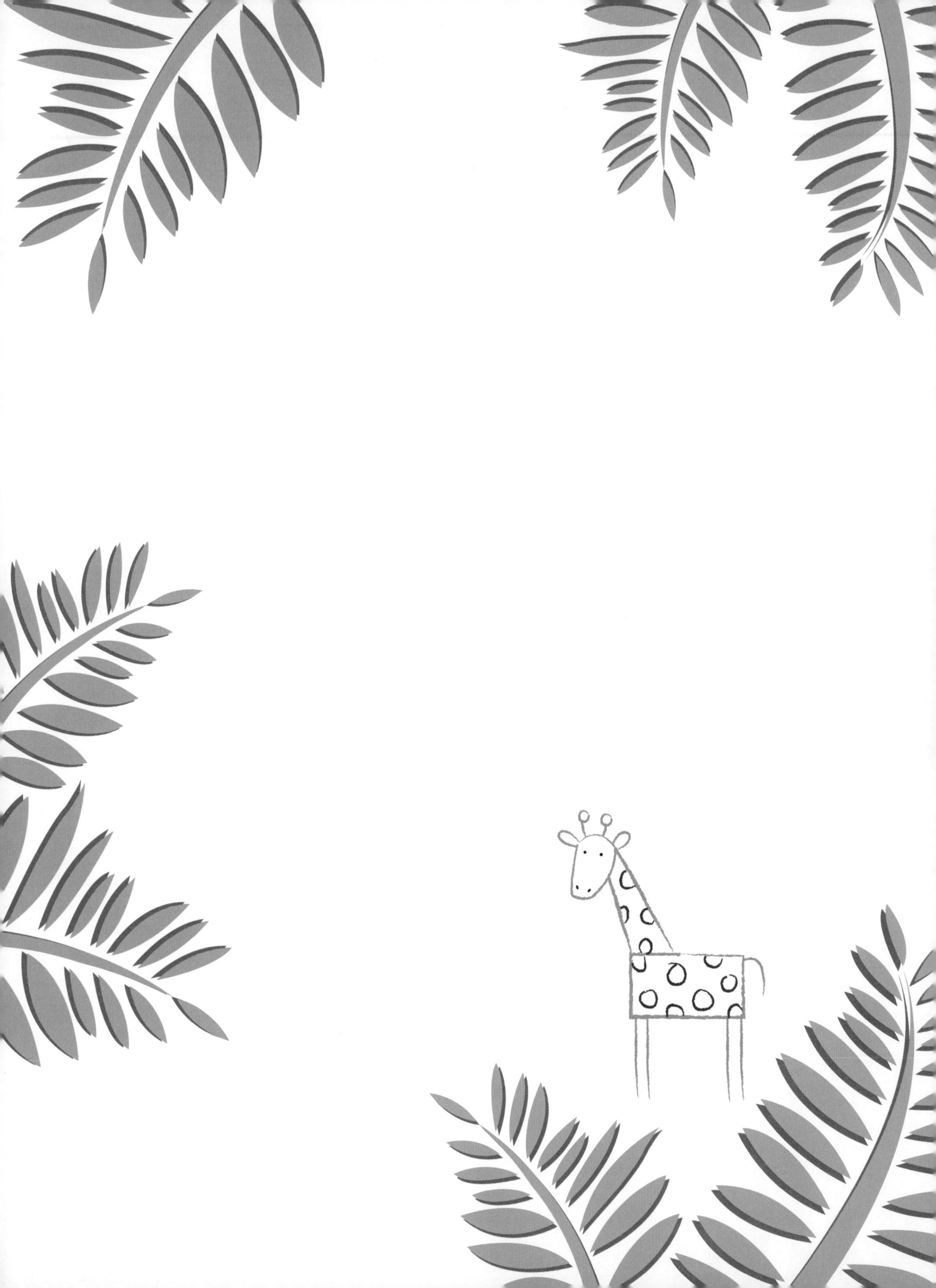

osos pardos

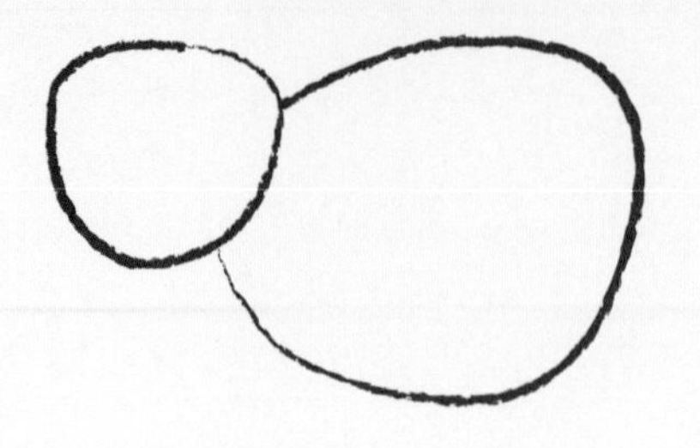

1 Dibuja la cabeza y un cuerpo gordito.

2 Las orejas son semicírculos pequeños. Agrega la colita.

Intenta dibujar el tuyo...

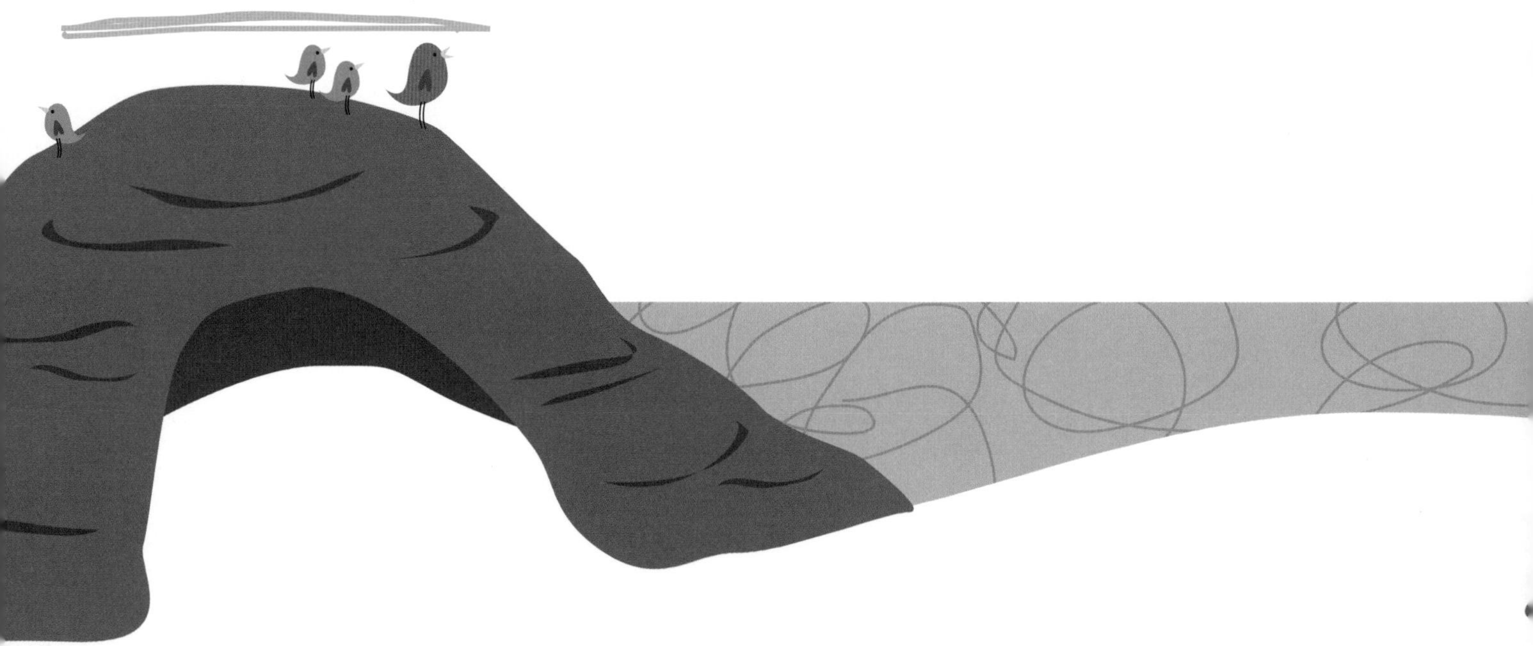

3 Las patas son cuatro líneas.

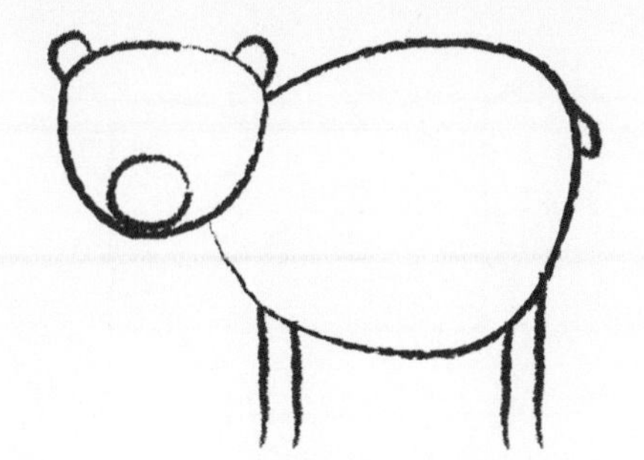

4 El hocico es un círculo pequeño.

5 Dibújale una linda cara a tu oso.

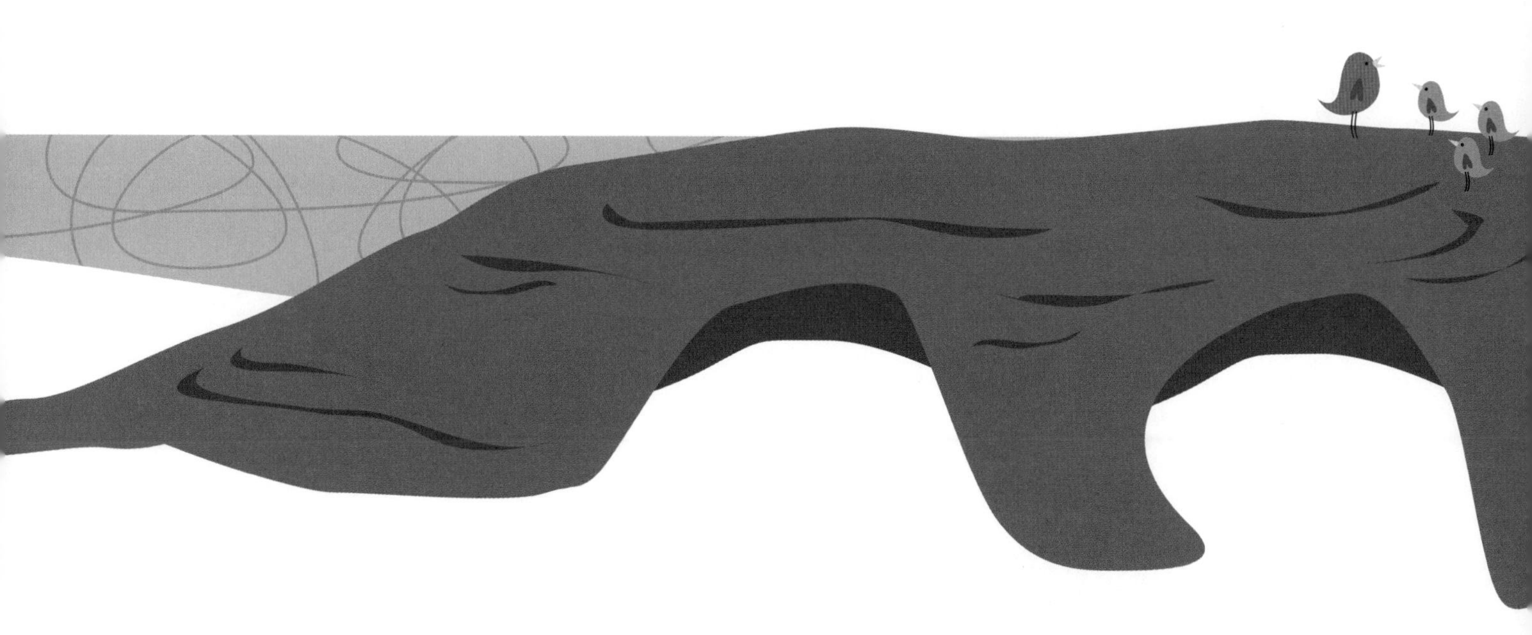

Rinocerontes enlodados

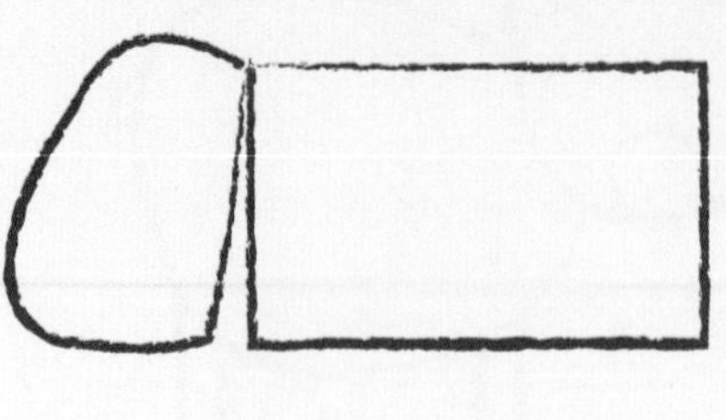

1 Dibuja el cuerpo en forma de rectángulo y una cabeza grande.

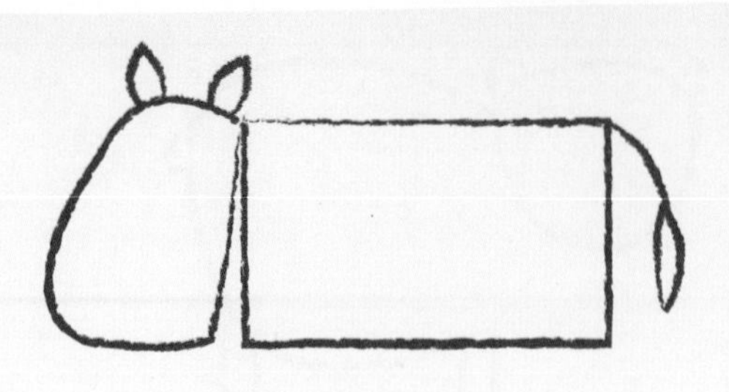

2 Dibuja dos orejitas y una cola corta.

Intenta dibujar el tuyo...

3
Agrega dos rectángulos
que serán las patas.
4
Falta el cuerno
de su cara.
5
Y ahora, los ojos, la nariz
y una sonrisa.

Serpientes que hacen «sssss»

1

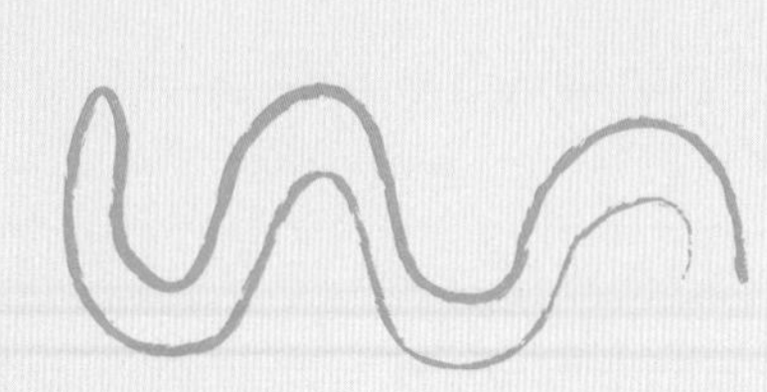

Dibuja un cuerpo largo con muchas curvas.

2

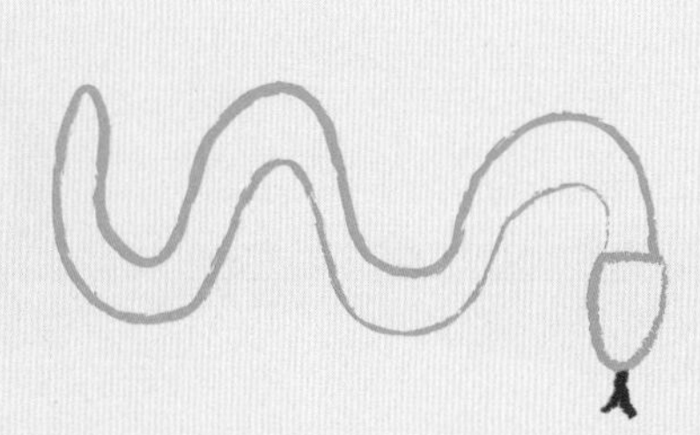

Ahora, agrega la cabeza y la lengua dividida en dos.

3

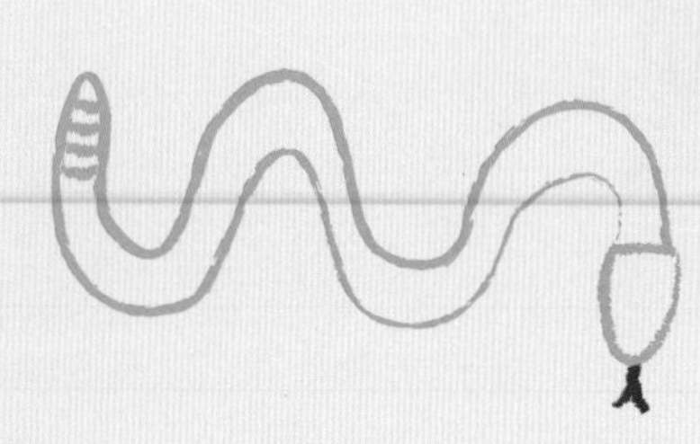

Al final del cuerpo, la cola tiene rayas.

4

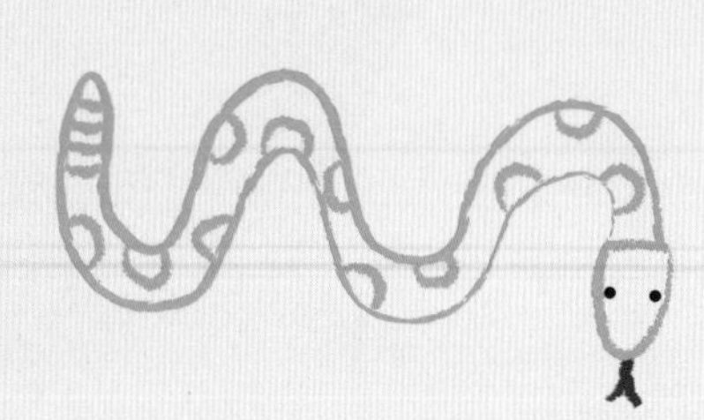

Dibuja los ojos y las escamas del cuerpo.

Intenta dibujar la tuya...

Cabras en el campo

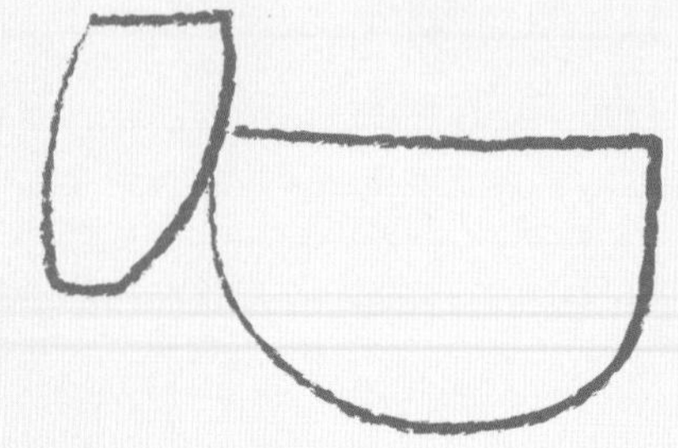

1

Dibuja el cuerpo en forma de semicírculo. Dibuja la cabeza.

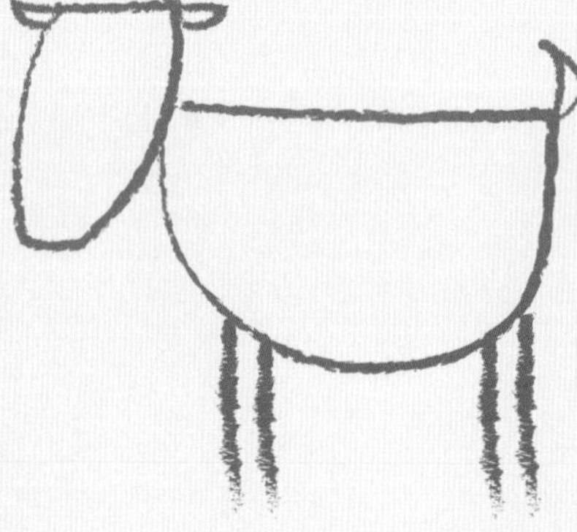

2

Agrega dos orejitas y la cola. Las patas son cuatro líneas.

3

Faltan los dos cuernos y la barba.

4

Dibuja su carita simpática.

Intenta dibujar la tuya...

Llamas alegres

1

Dibuja dos óvalos: uno pequeño para la cabeza y otro más grande para el cuerpo.

2

Agrega un largo cuello y dos orejitas.

3

Las patas son cuatro líneas rectas. La cola tiene forma de pompón.

4

Dibuja la nariz y los ojitos de tu linda llama.

Intenta dibujar la tuya...

Gallos Quiquiriquí

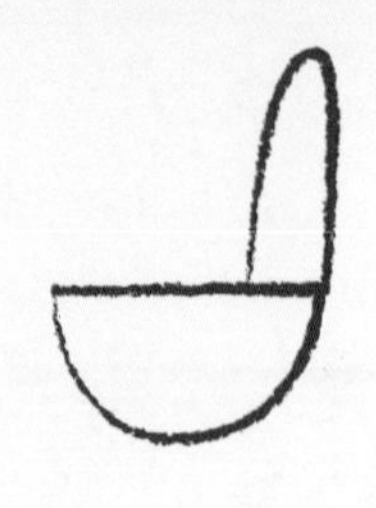

1 Dibuja un semicírculo para el cuerpo. Dibuja la cabeza.

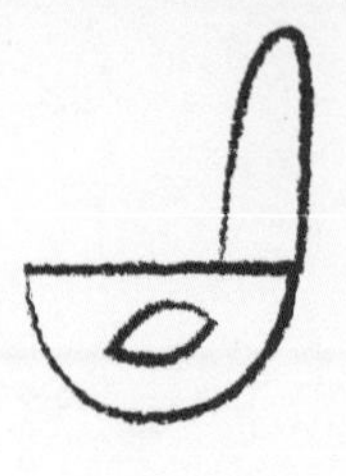

2 Agrega el ala.

Intenta dibujar el tuyo...

3 Dos líneas rectas son las patitas y el pico es un triángulo.

4 La cola del gallo es de líneas curvas.

5 Falta la cresta y el ojito ¡y tienes tu gallo!

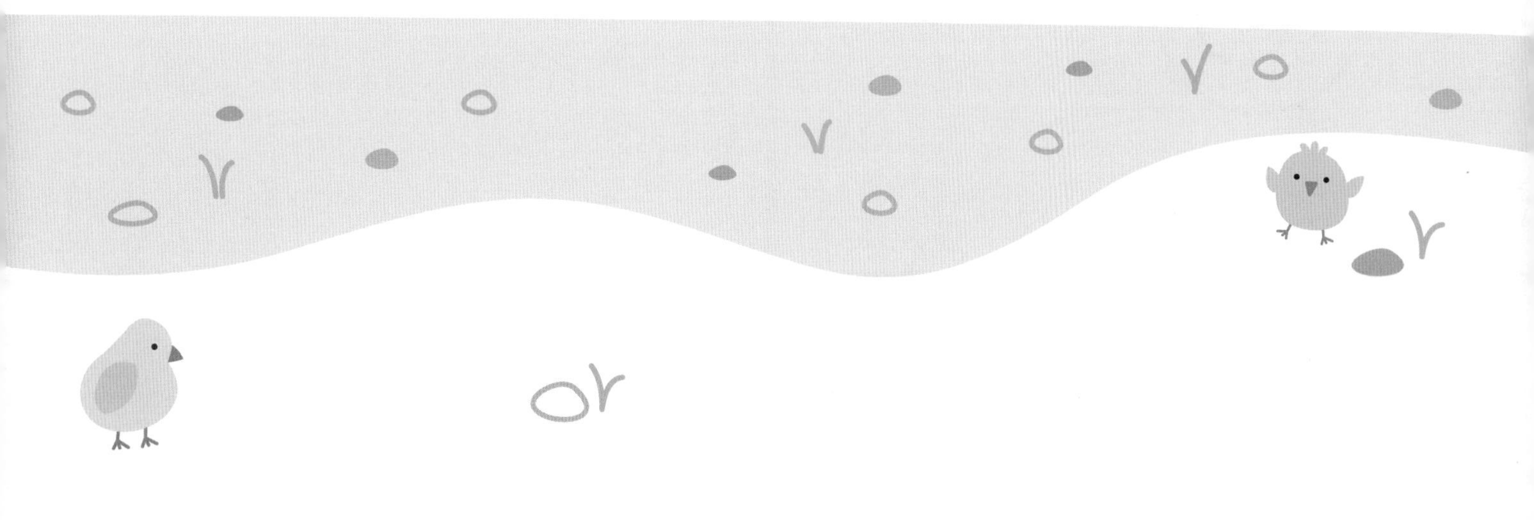

La gallina cocorocó

1

Dibuja un círculo para el cuerpo. Dibuja la cabeza.

2

La cola será un triángulo. Falta el ala.

3

Las patitas son dos líneas rectas. El pico es un triángulo.

4

Dibuja su cresta y un ojito.

Intenta dibujar la tuya...

Ovejas lanudas

1

Dibuja un cuerpo en forma de gran pompón.

2

Las patas son cuatro líneas rectas.

3

La cabeza es un óvalo. Agrégale dos orejitas.

4

Ahora dibuja una carita simpática.

Intenta dibujar la tuya...

Cerditos regordetes

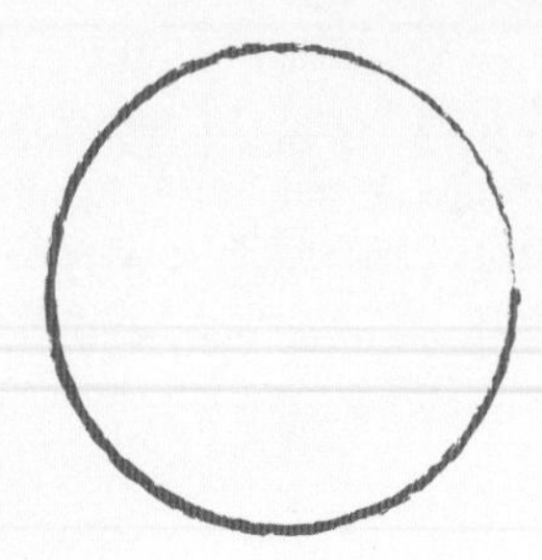

1

Dibuja un círculo para el cuerpo.

2

Agrega dos patitas cortas.

3

Las orejas son dos triángulos y la cola, un rulo.

4

Faltan los ojitos y el hocico.

Intenta dibujar el tuyo...

Vacas «Muuuy» tranquilas

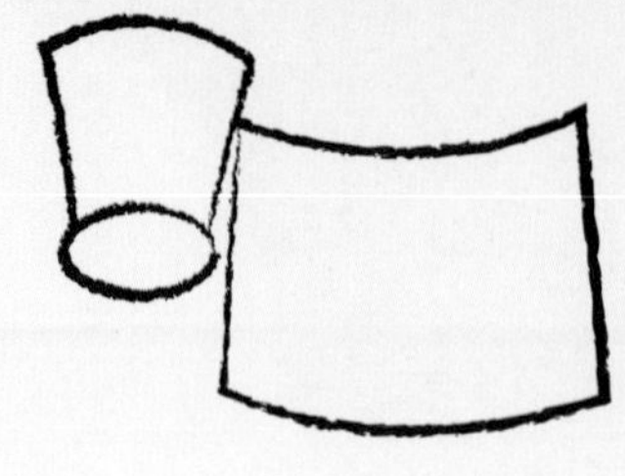

1 El cuerpo es un rectángulo curvo. Dibuja la cabeza y un óvalo para el hocico.

2 Dos líneas rectas serán las patas. Faltan las orejitas.

Intenta dibujar la tuya...

3
Dibuja sus cuernos y una línea curva que será la cola.
4
Agrega las manchas donde más te guste.
5
Dibuja los ojos y la nariz de tu vaca.

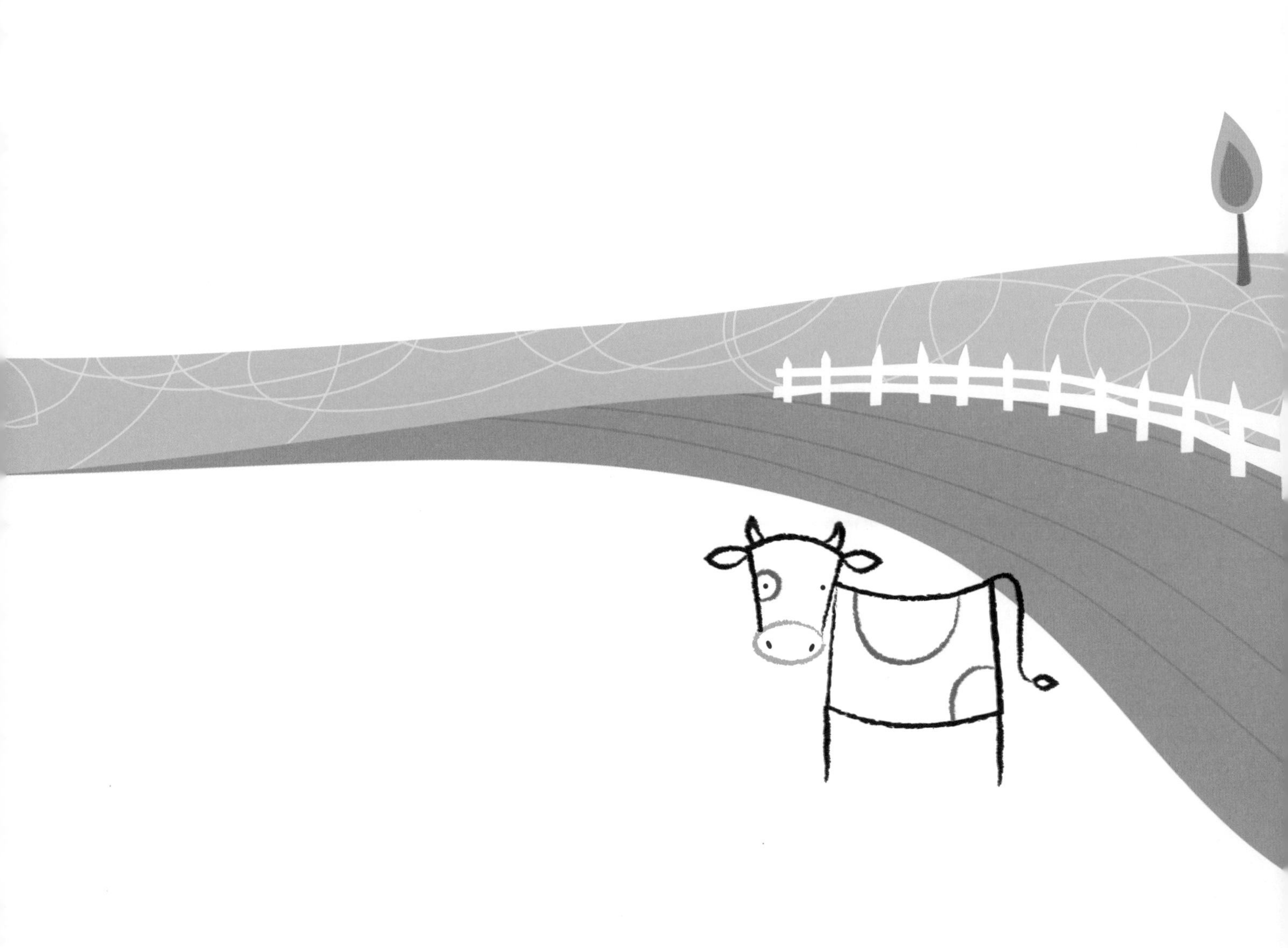

Cisnes elegantes

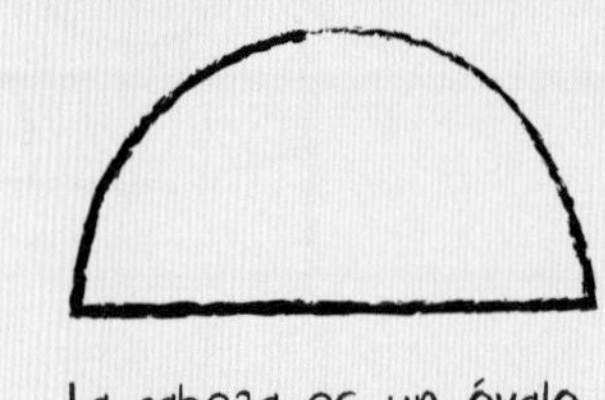

1 La cabeza es un óvalo.
El cuerpo es un semicírculo.

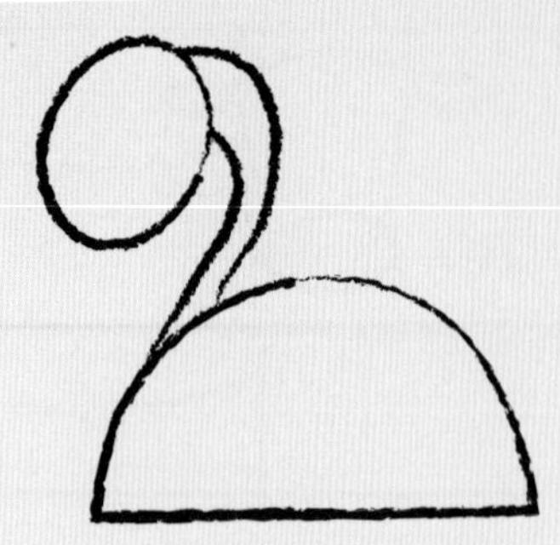

2 Ahora dibuja el largo cuello curvo.

Intenta dibujar el tuyo...

3
Falta la cola y el pico.
4
Dibuja el ala.
5
Solo falta el ojito.

Caballos contentos

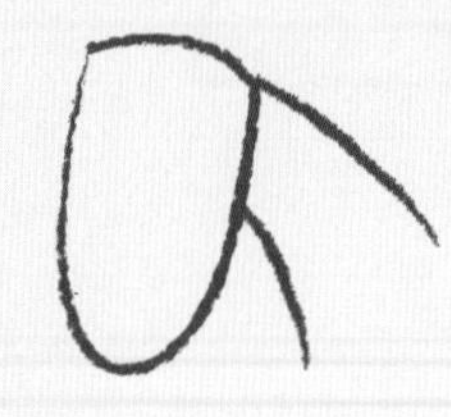

1

Dibuja la cabeza y el cuello.

2

Ahora dibuja un óvalo para el cuerpo y dos orejas.

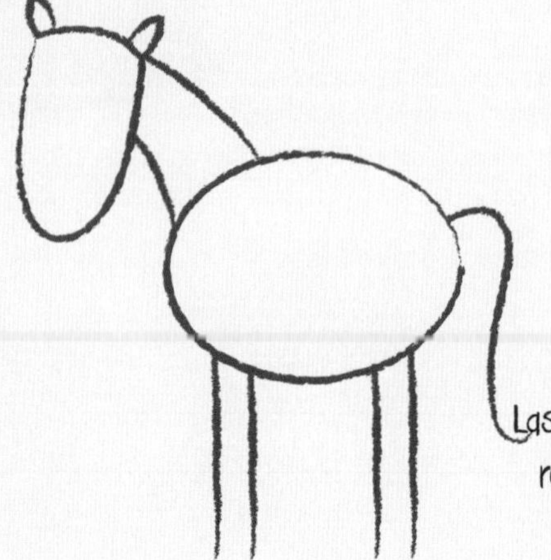

3

Las patas son líneas rectas. La cola es una línea curva.

4

Faltan las crines y una carita contenta.

Intenta dibujar el tuyo...

Pavos con muchas plumas

1 Dibuja un círculo que será la cabeza. Agrega el cuello.

2 El cuerpo es un óvalo. No olvides dibujar su gran cola.

Intenta dibujar el tuyo...

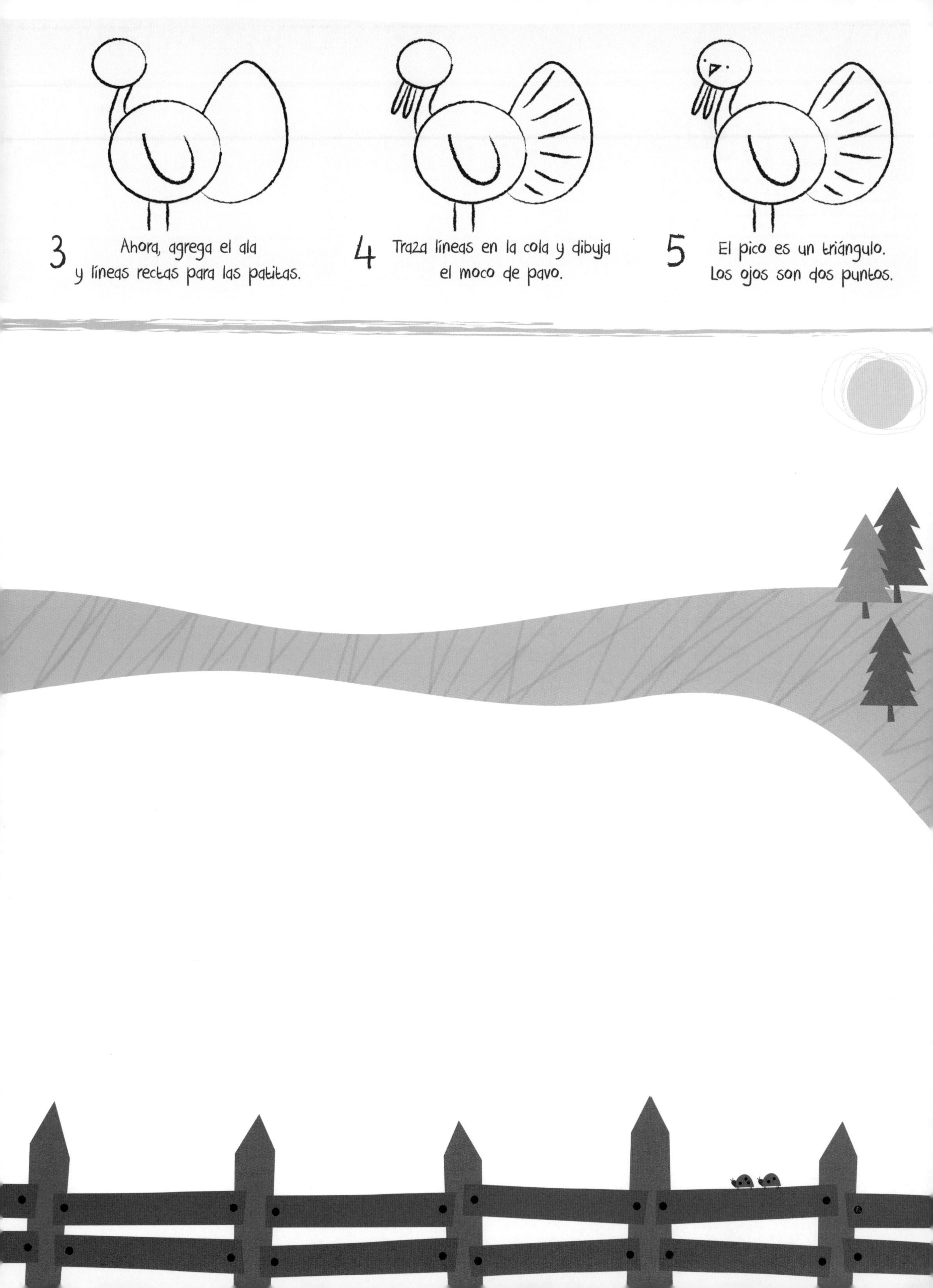
3
Ahora, agrega el ala
y líneas rectas para las patitas.
4
Traza líneas en la cola y dibuja
el moco de pavo.
5
El pico es un triángulo.
Los ojos son dos puntos.

Burritos adorables

1 Dibuja el cuerpo en forma de rectángulo.

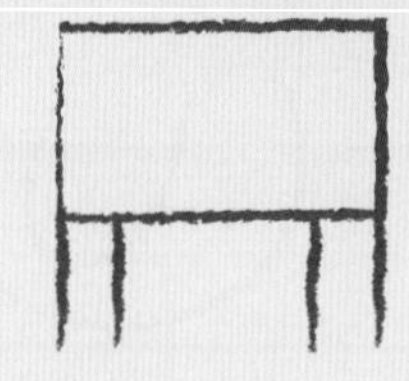

2 Las patas son cuatro líneas rectas.

Intenta dibujar el tuyo...

3 Dibuja su cabeza y traza una línea que marcará el cuello.

4 Las orejas son grandes. Dibuja una línea para la cola.

5 Termina tu burrito con una cara simpática.

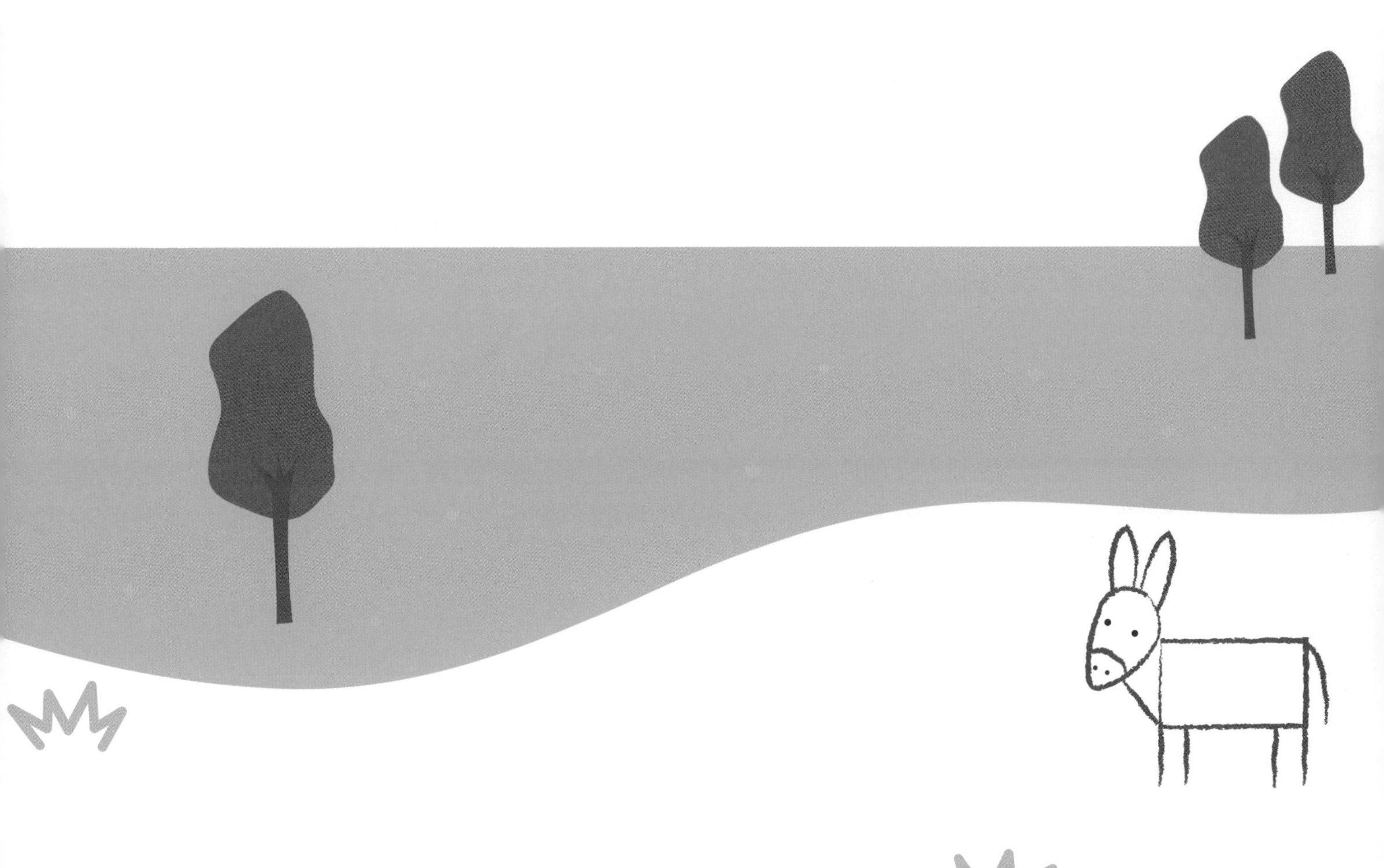

Ositos dormilones

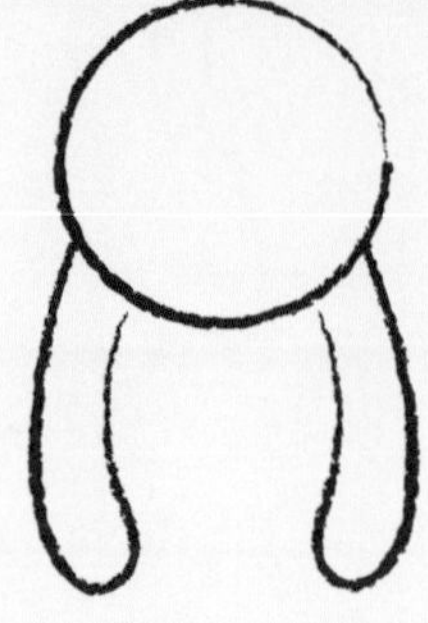

1 Dibuja un círculo para hacer la cabeza y agrega dos brazos largos.

2 Dibuja las orejitas y una línea curva para la pancita.

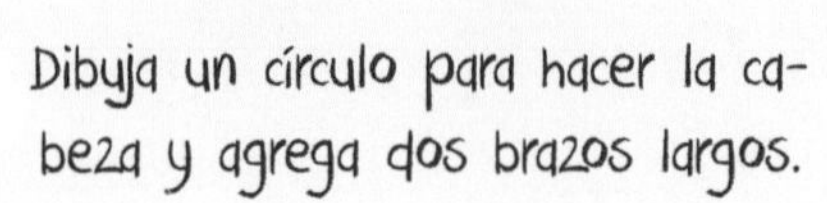

Intenta dibujar el tuyo...

3 Dibuja dos óvalos que serán las patas.

4 Ahora dibuja una linda carita.

5 ¡Pinta sus mejillas de color rosado!

Perritos juguetones

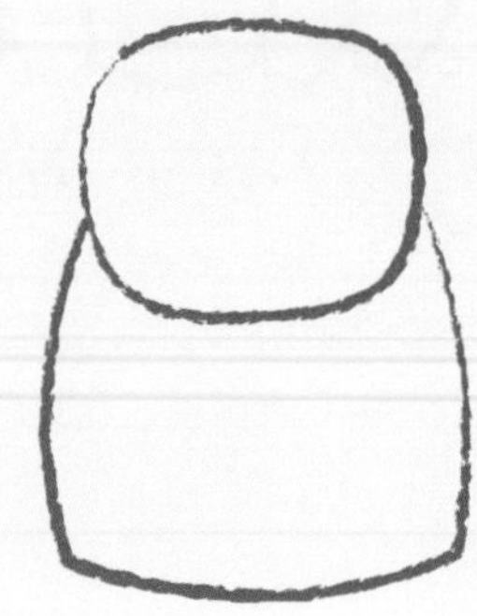

1

Dibuja la cabeza y el cuerpo.

2

Ahora dibuja dos orejitas y la cola.

3

Dibuja las cuatro patitas.

4

Agrega dos ojitos, un hociquito y la boca. ¡Listo!

Intenta dibujar el tuyo...

Jerbos traviesos

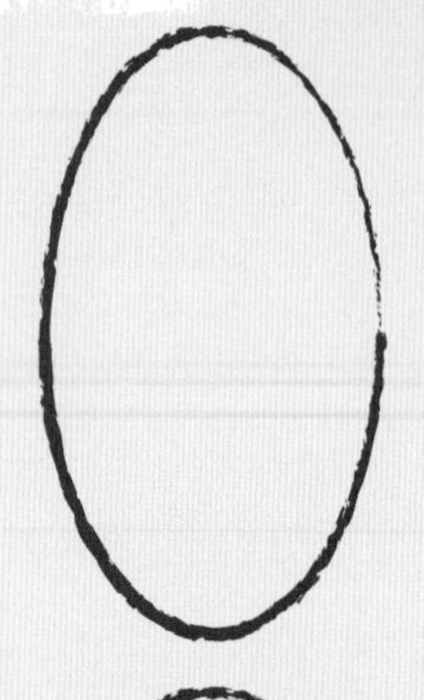

1

Dibuja un óvalo.
Es el cuerpo del jerbo.

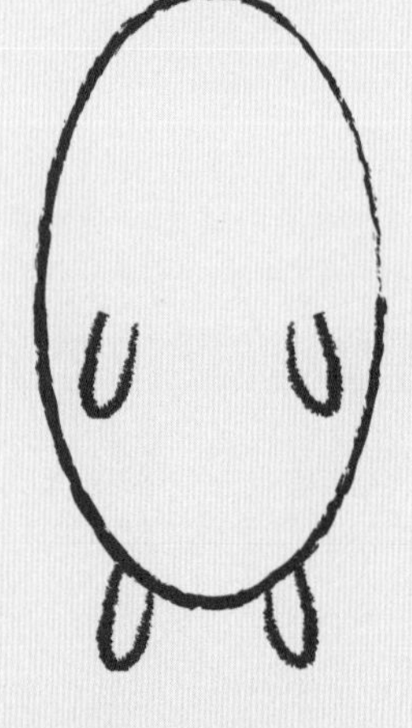

2

Ahora dibuja
cuatro patitas.

3

Agrega las orejas
y una línea curva
que será la colita.

4

Con dos puntitos ya
están los ojos. Dibuja
su hocico y ¡no olvides
los bigotes!

Intenta dibujar el tuyo...

Cachorros perfectos

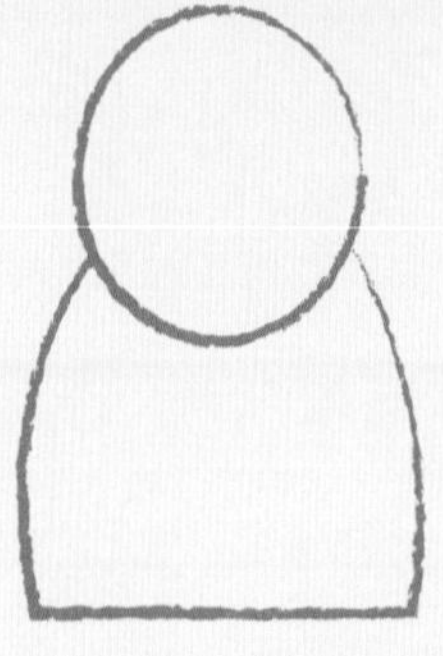

1 Dibuja un óvalo para hacer la cabeza y agrega el cuerpo.

2 Ahora, dos orejitas divertidas.

Intenta dibujar el tuyo...

3 Dibuja sus patitas delanteras.

4 Ahora agrega dos óvalos. Serán las patitas traseras.

5 Ahora dibuja la carita. ¡No olvides el hocico!

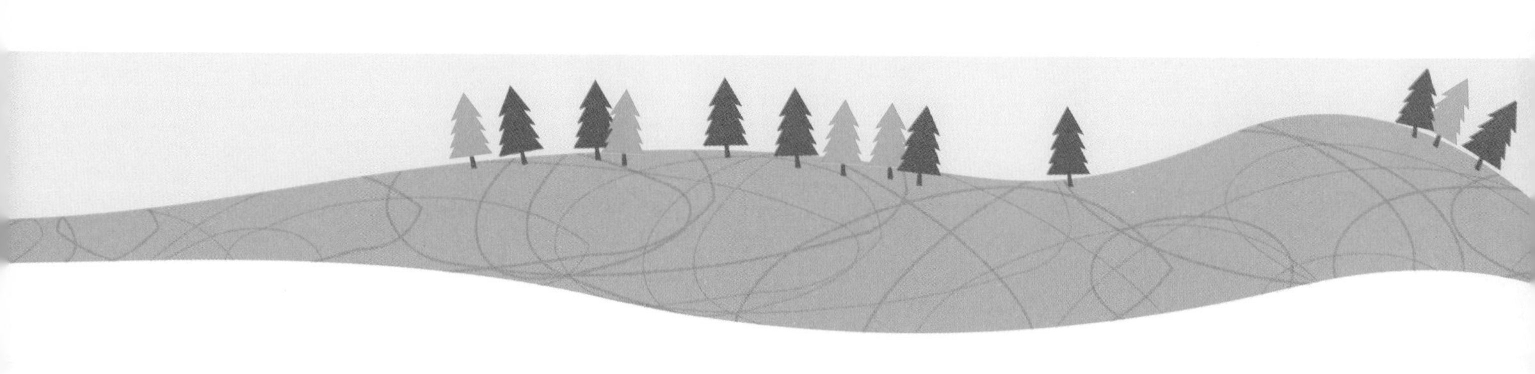

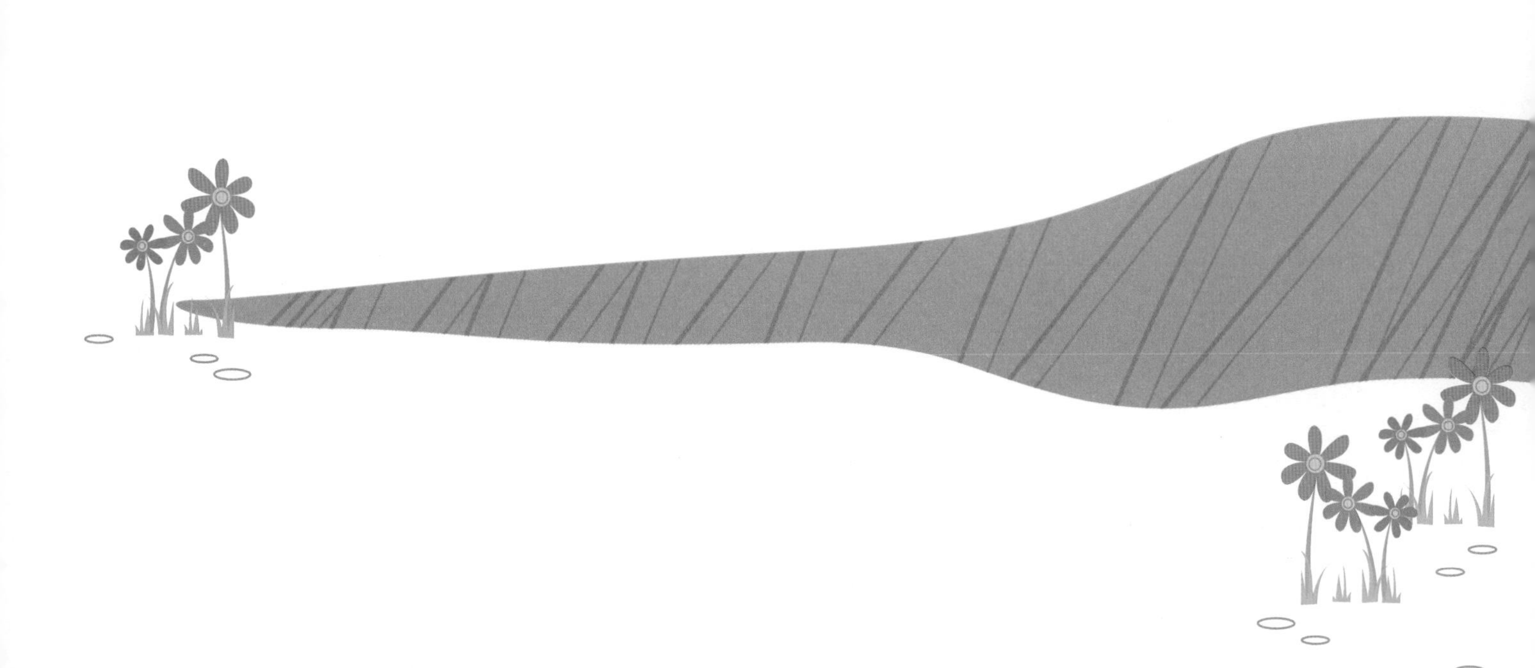

Un erizo mimoso

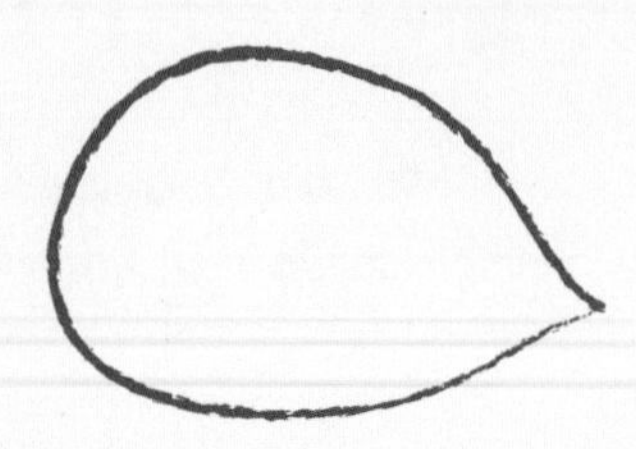

1

Dibuja el cuerpo.

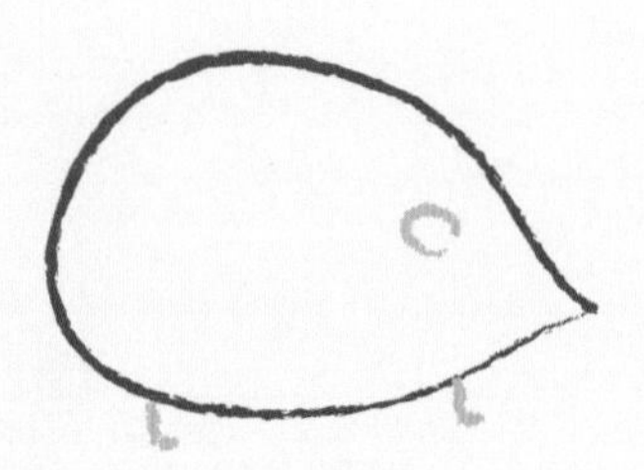

2

Ahora, las patitas y una oreja.

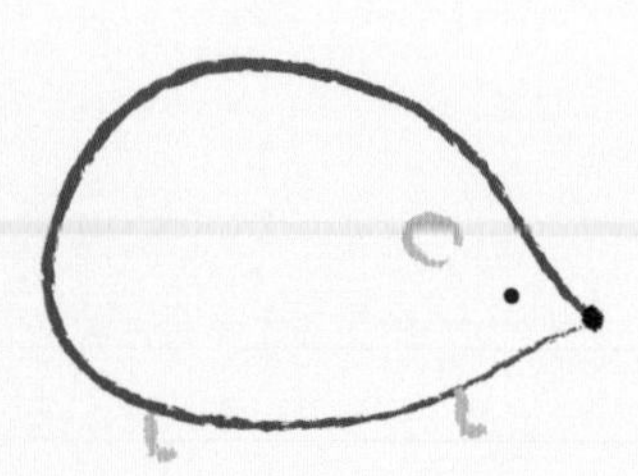

3

Dale solo un ojito y el hocico.

4

Traza líneas cortas que serán las púas de tu erizo.

Intenta dibujar el tuyo...

Periquitos inteligentes

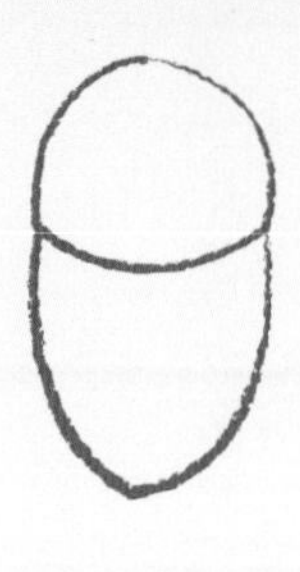

1 Dibuja un óvalo para la cabeza y otro en punta para el cuerpo.

2 Dibuja las dos alas.

Intenta dibujar el tuyo...

3 Ahora dibuja las plumas de la cola.

4 Agrega plumitas en forma de V.

5 Dibuja dos ojitos y un pico en punta.

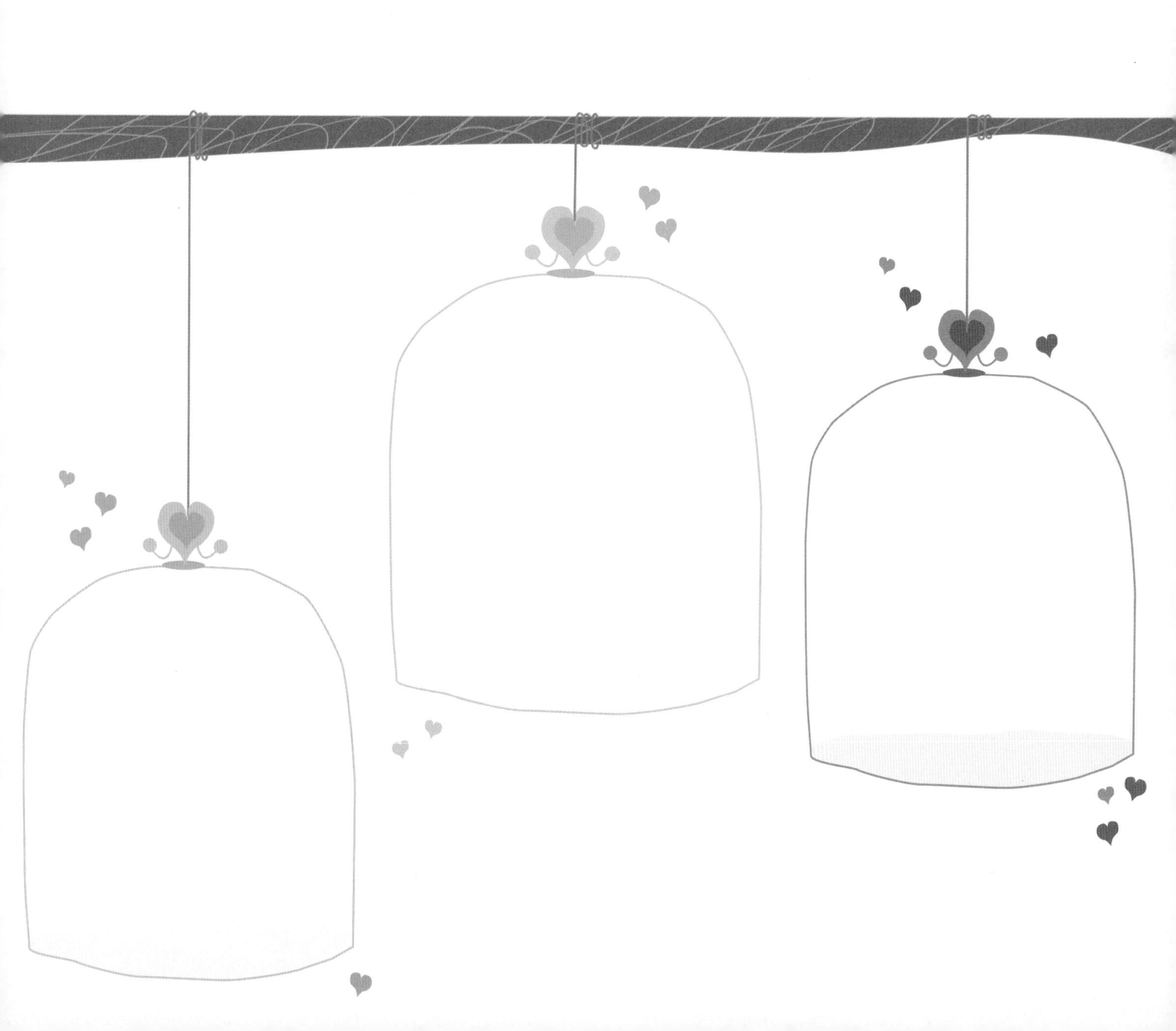

Un poni elegante

1 Dibuja la cabeza y el cuello.

2 Ahora agrega dos orejas y parte de un rectángulo que será el cuerpo.

Intenta dibujar el tuyo...

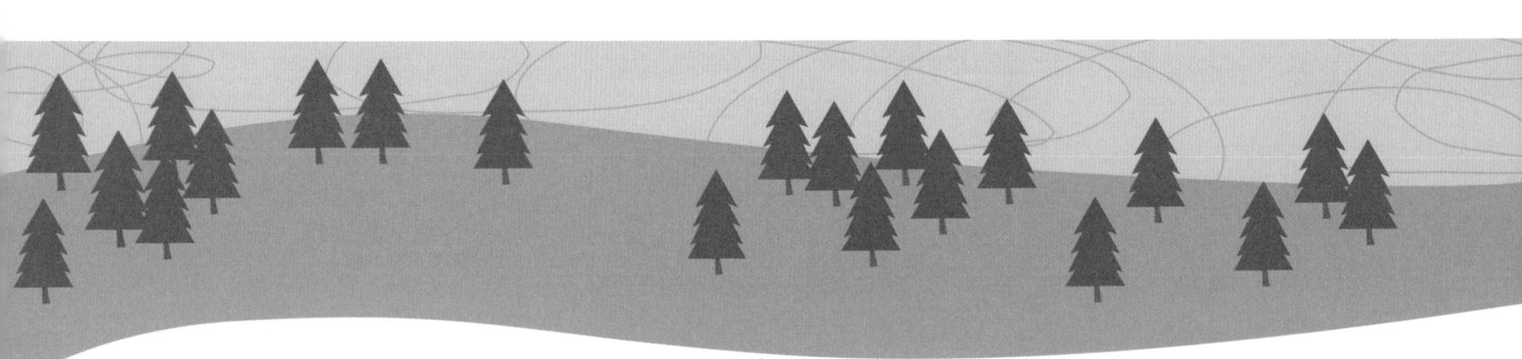

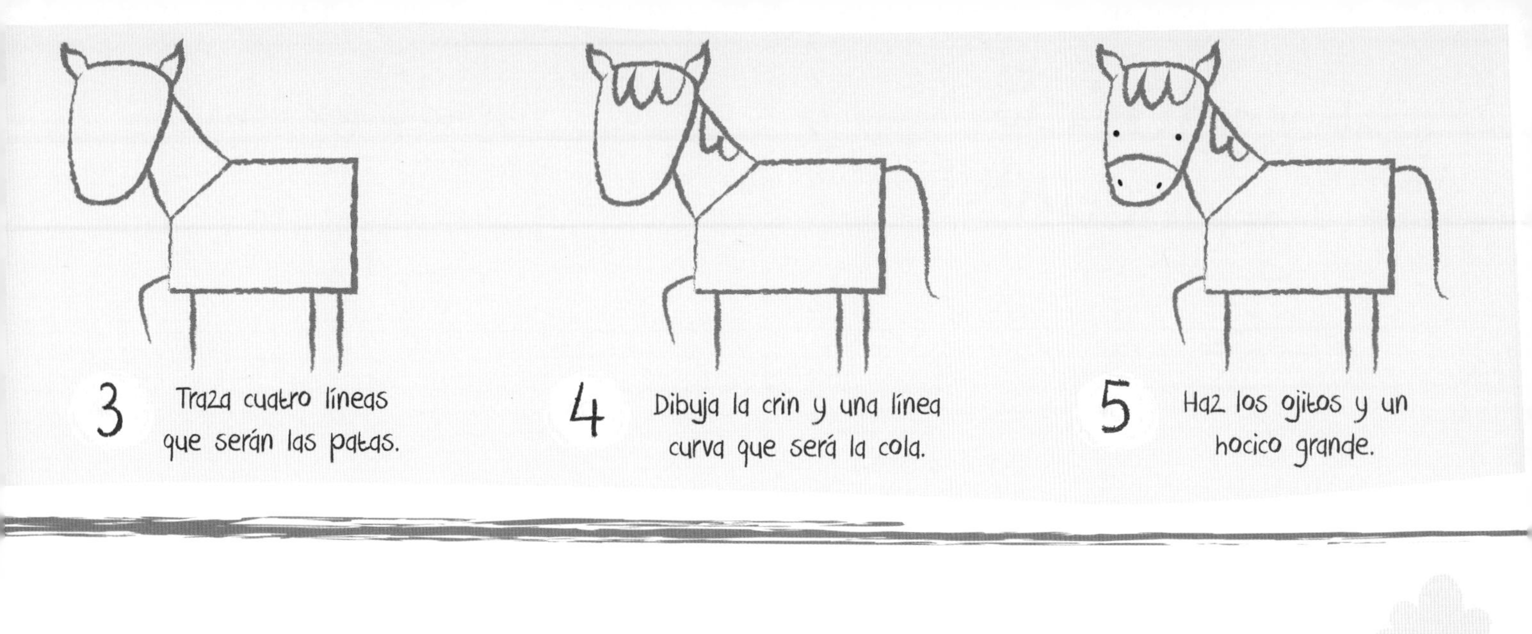
3
Traza cuatro líneas que serán las patas.
4
Dibuja la crin y una línea curva que será la cola.
5
Haz los ojitos y un hocico grande.

Labradores juguetones

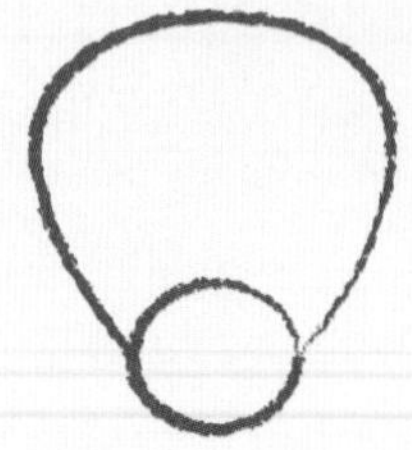

1

Dibuja la cabeza y un círculo que será el hocico.

2

Ahora agrega el cuerpo y dos orejas.

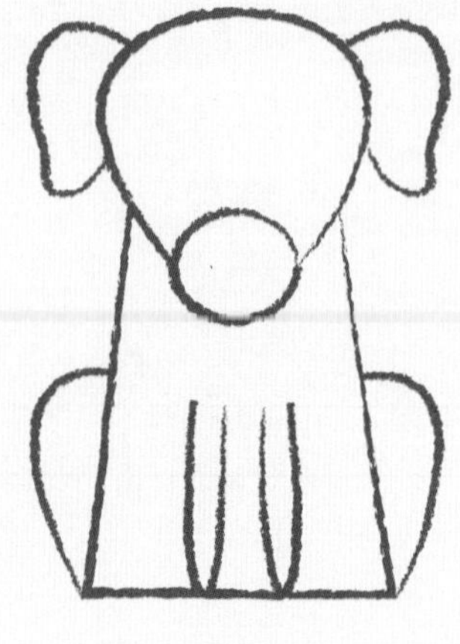

3

Dibuja dos patas delanteras. Y dos patas traseras.

4

Solo falta dibujar su linda carita y una línea curva que será la cola.

Intenta dibujar el tuyo...

conejitos saltarines

1

Dibuja un círculo
y luego el cuerpo como
muestra la figura.

2

Ahora agrega dos
grandes orejas
y dos patitas
delanteras.

3

La cola es un
círculo pequeño.

4

Solo te falta
dibujar una
carita feliz

Intenta dibujar el tuyo...

Un hámster cariñoso

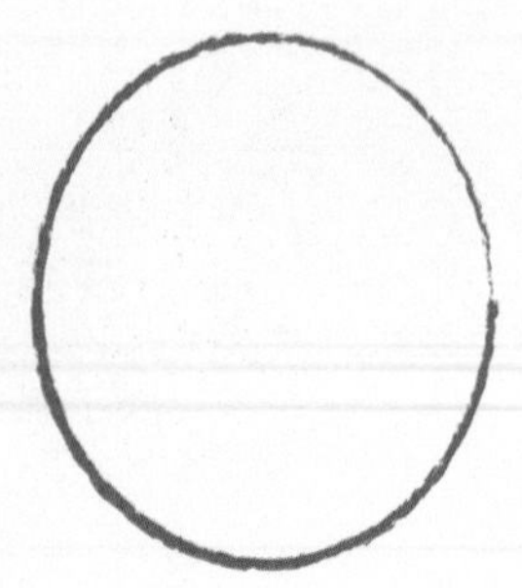

1

El cuerpo
es un óvalo.

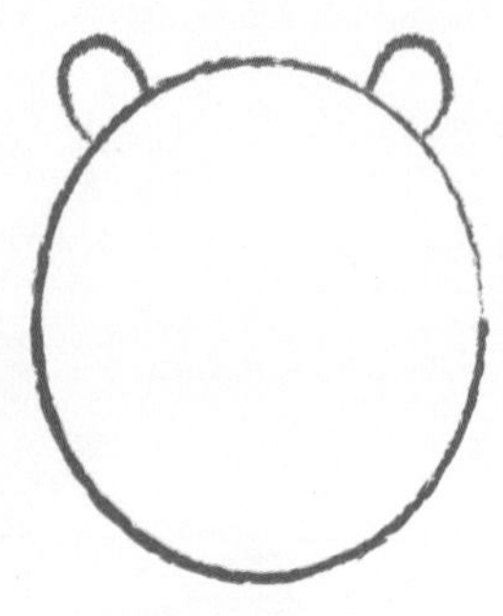

2

Las orejitas son
dos semicírculos.

3

Dibuja una carita
dulce y feliz

4

Solo faltan las
cuatro patitas:
dos delanteras
y dos traseras.

Intenta dibujar el tuyo...

Gatitos para abrazar

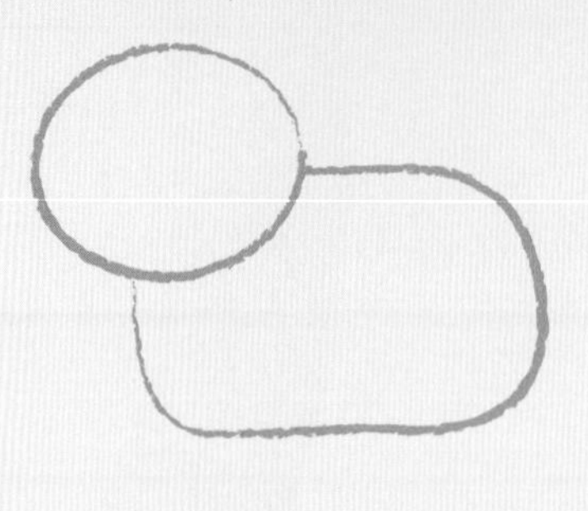

1 Dibuja la cabeza en forma de óvalo. Y agrega el cuerpo como ves en la figura.

2 Ahora, haz dos orejas en forma de triángulo.

Intenta dibujar el tuyo...

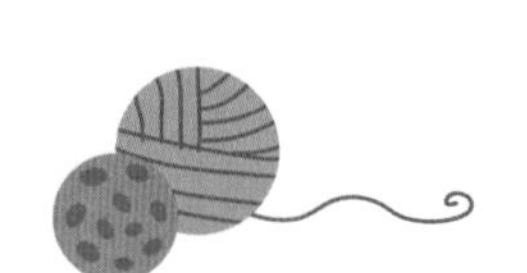

3
Con cuatro líneas rectas
puedes hacer las patitas.
4
La cola es
una línea curva.
5
Dos ojos, un hociquito
y ¡listo! ¡Puedes pintarle
unas rayas!

Un ovejero despeinado

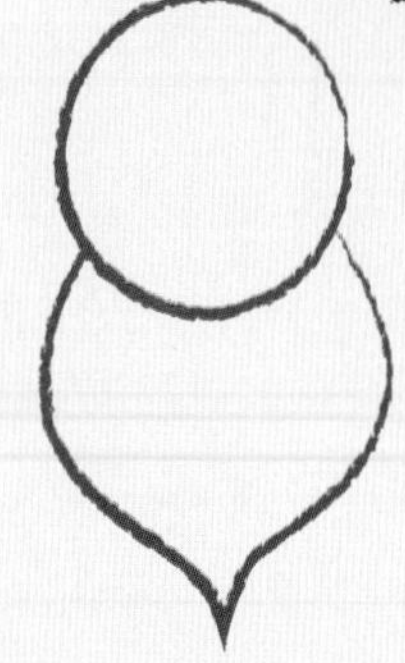

1

Dibuja un círculo para la cabeza y luego el pecho como muestra la figura.

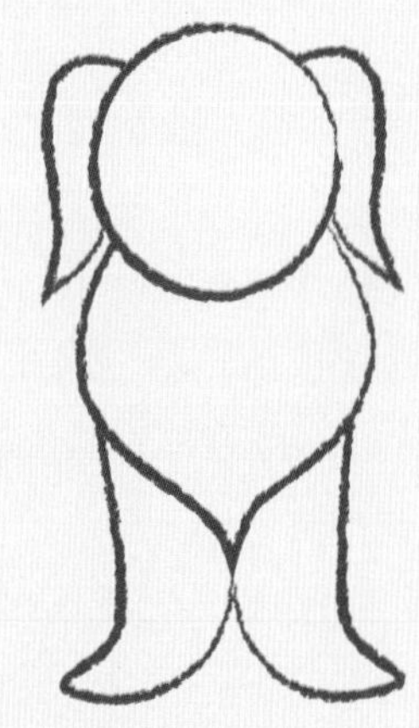

2

Dibuja dos orejas y dos patas delanteras.

3

Solo faltan las patas traseras.

4

Dale flequillo. ¡Los ojos no se ven! Faltan el hocico y la lengua. ¡Ya está!

Intenta dibujar el tuyo...

Delfines acróbatas

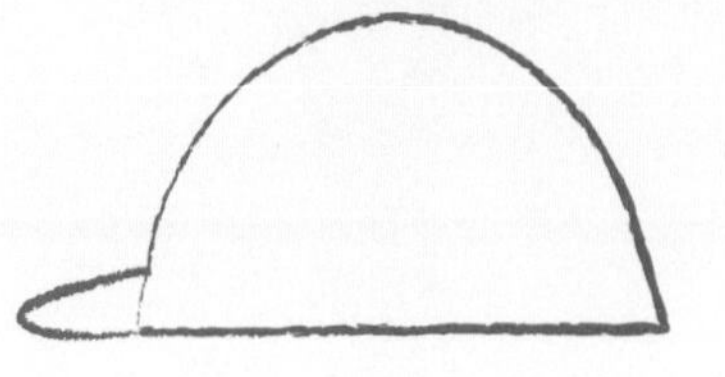

1 Un semicírculo será el cuerpo. Ahora dibuja su nariz.

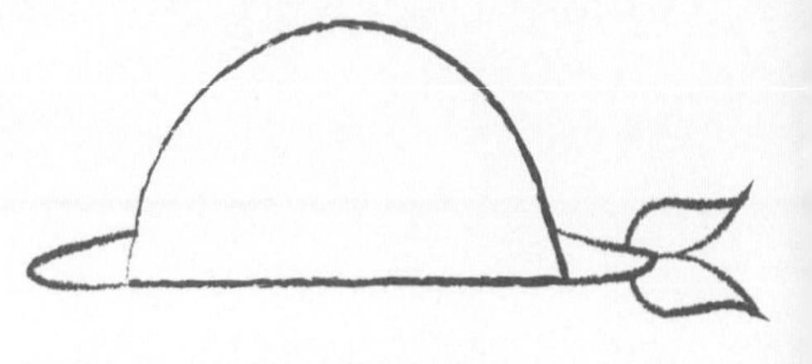

2 Dibuja la cola y sus aletas.

Intenta dibujar el tuyo...

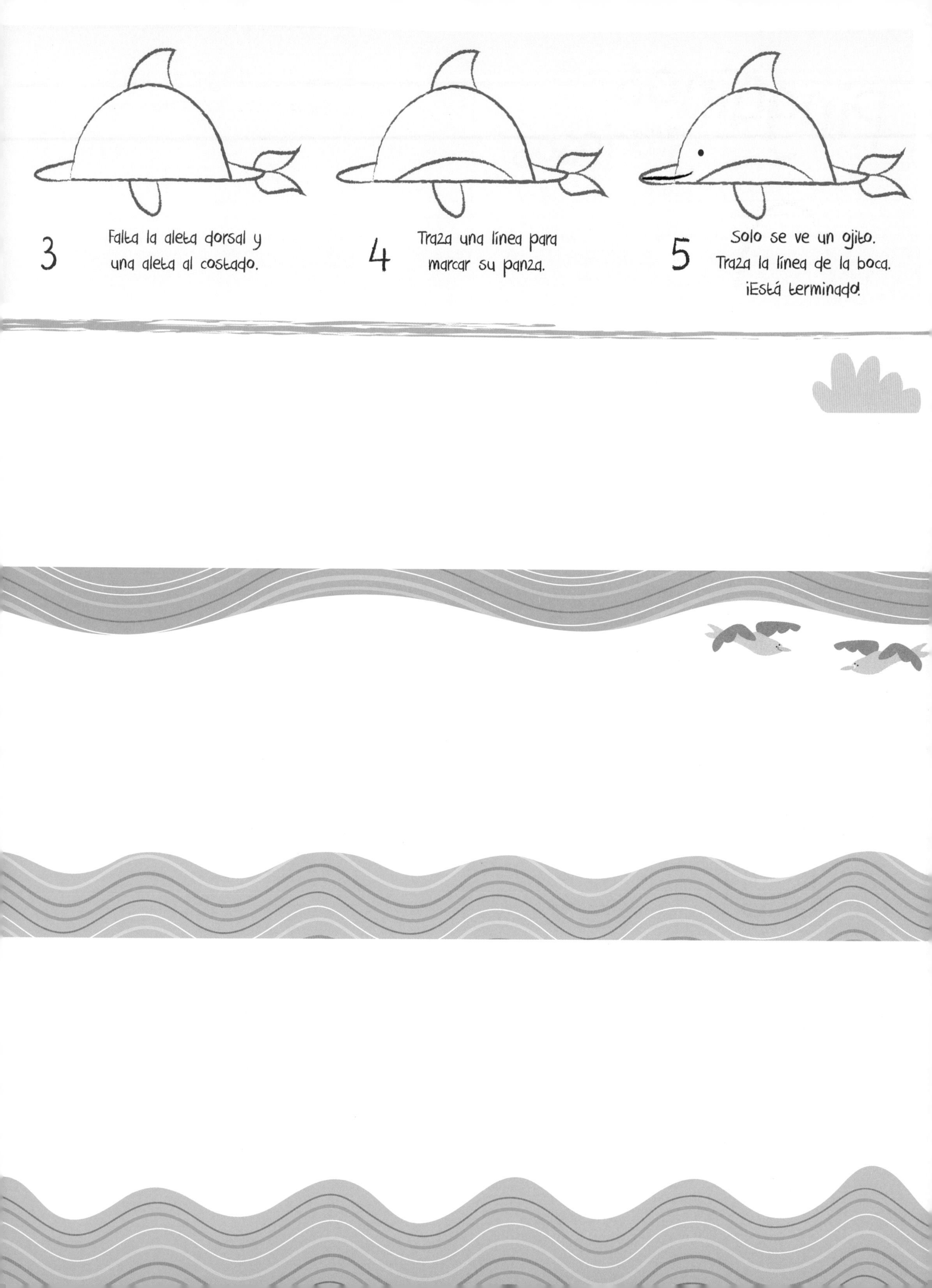
3
Falta la aleta dorsal y
una aleta al costado.
4
Traza una línea para
marcar su panza.
5
Solo se ve un ojito.
Traza la línea de la boca.
¡Está terminado!

Pingüinos graciosos

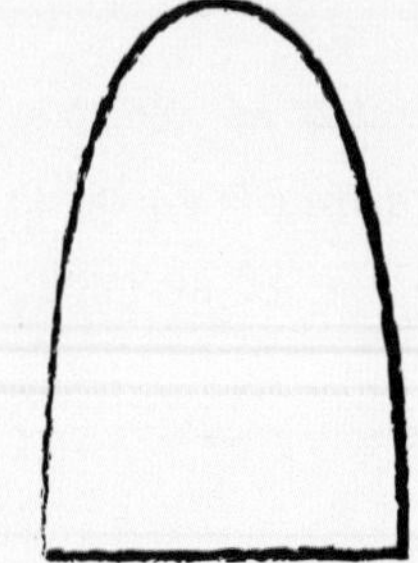

1

El cuerpo es la mitad de un óvalo.

2

Dibuja las alas en forma de triángulos.

3

Traza la línea de la pancita, y dibuja sus dos patas.

4

Faltan dos puntos para los ojitos y el pico en forma de triángulo.

Intenta dibujar el tuyo...

Tiburones feroces

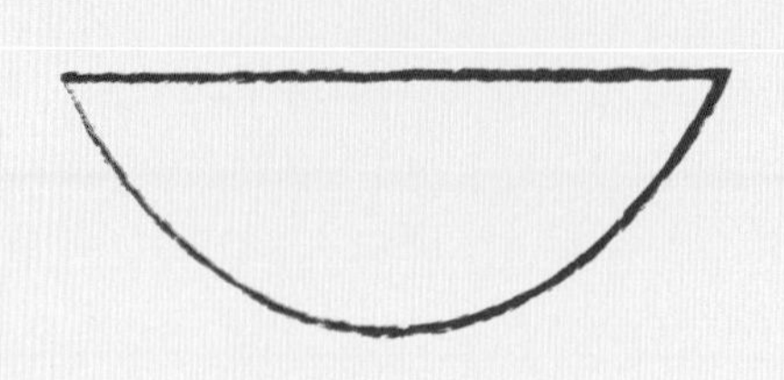

1 Dibuja un semicírculo. Será el cuerpo.

2 Dos triángulos serán las aletas.

Intenta dibujar el tuyo...

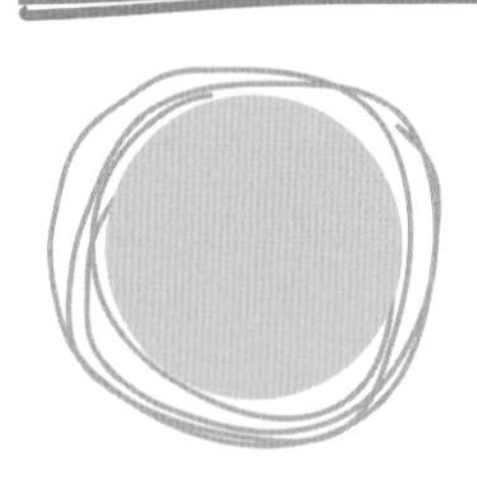

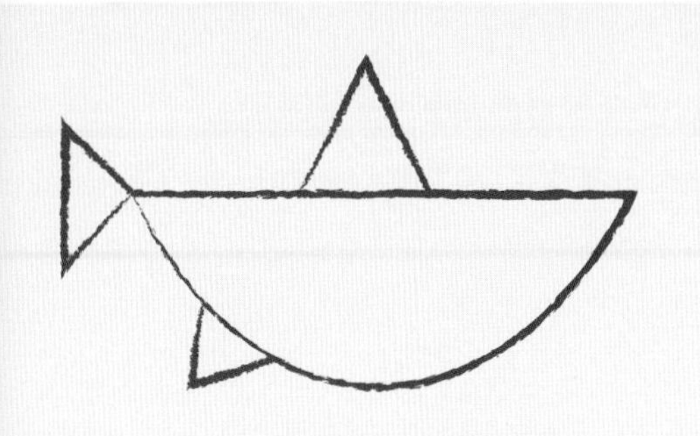

3 La aleta dorsal es un triángulo grande.

4 Traza tres líneas cortas para las agallas.

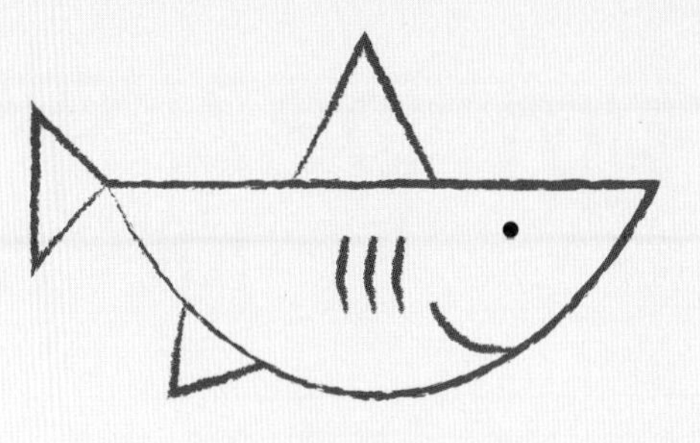

5 Tu tiburón feroz tiene una linda sonrisa y un ojito.

Un pez globo que pincha

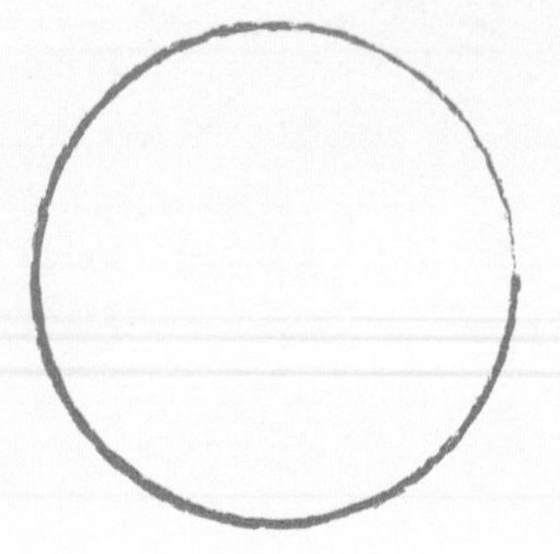

1

El cuerpo es un círculo grande.

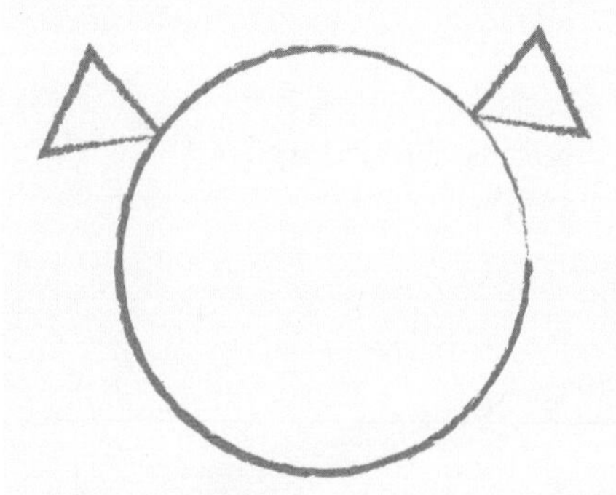

2

Dibuja dos aletas en forma de triángulo.

3

Ahora dibuja las púas. Son líneas cortas.

4

Dibuja dos ojitos y una sonrisa.

Intenta dibujar el tuyo...

Una morsa gorda

1

La cabeza es un círculo. El cuerpo es parte de un triángulo.

2

Ahora dibuja las aletas y la cola, en forma de triángulo.

3

Los colmillos son triángulos finos. Traza una línea sobre la cara.

4

Solo te faltan los ojitos y la nariz. ¡Puedes dibujarle unos largos bigotes!

Intenta dibujar la tuya...

Ballenas azules

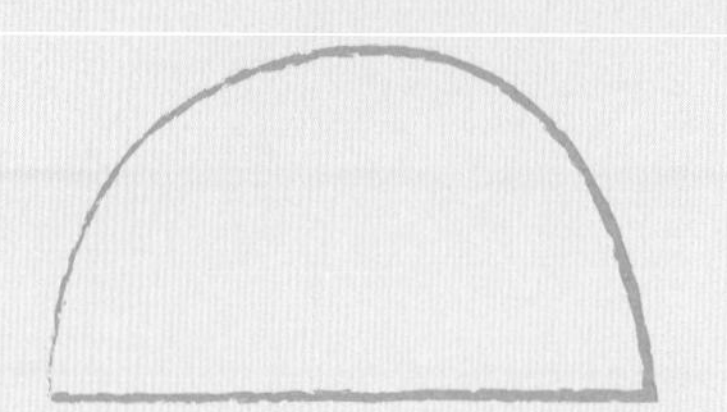

1 Dibuja un semicírculo para hacer el cuerpo.

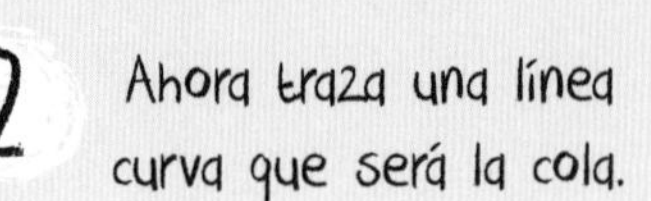

2 Ahora traza una línea curva que será la cola.

Intenta dibujar la tuya...

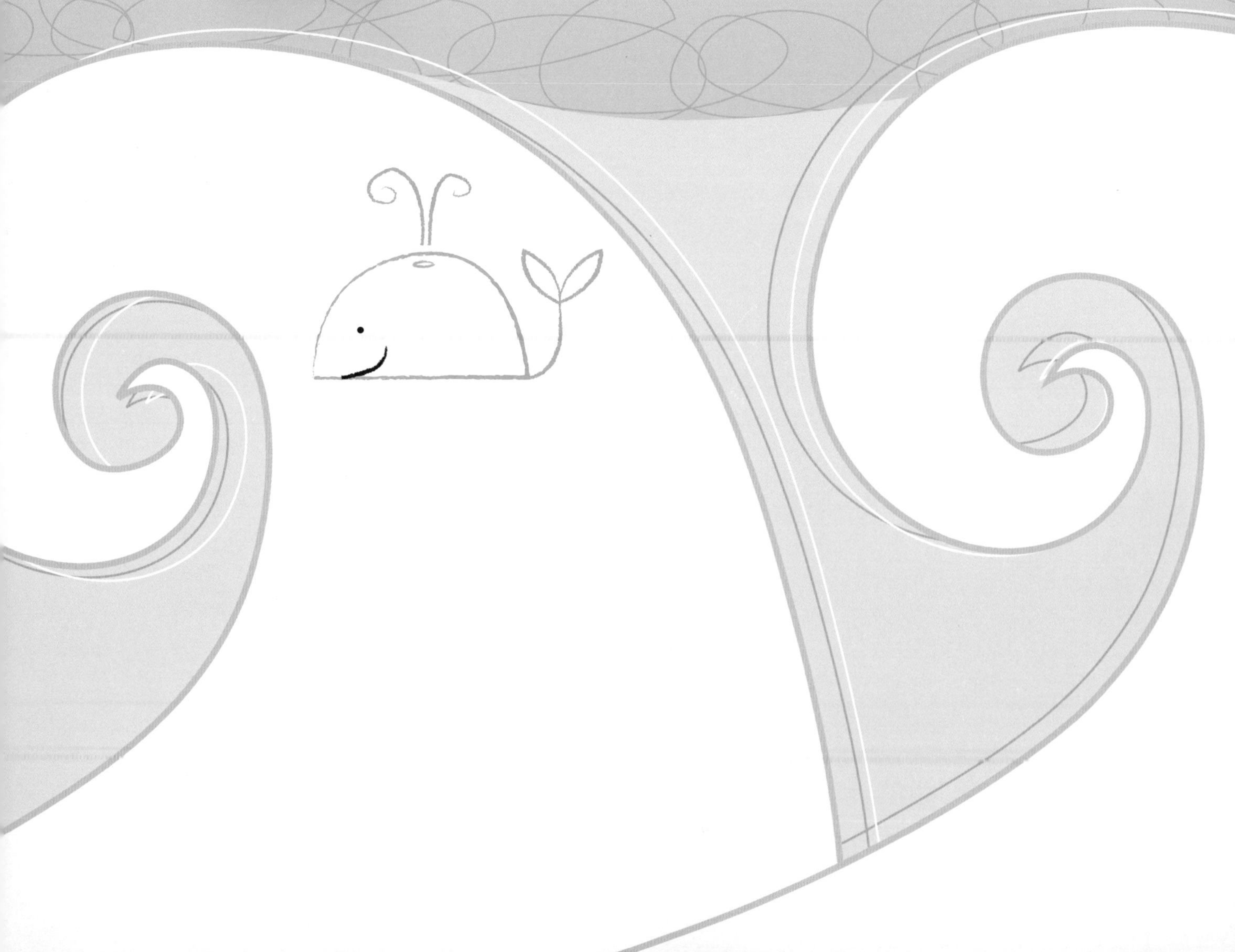

3
Agregamos las aletas al final de la cola.
4
Dibujamos el hoyo por donde echa agua y un gran chorro hacia arriba.
5
Con un puntito dibujas el ojo, y luego agregas la boca.

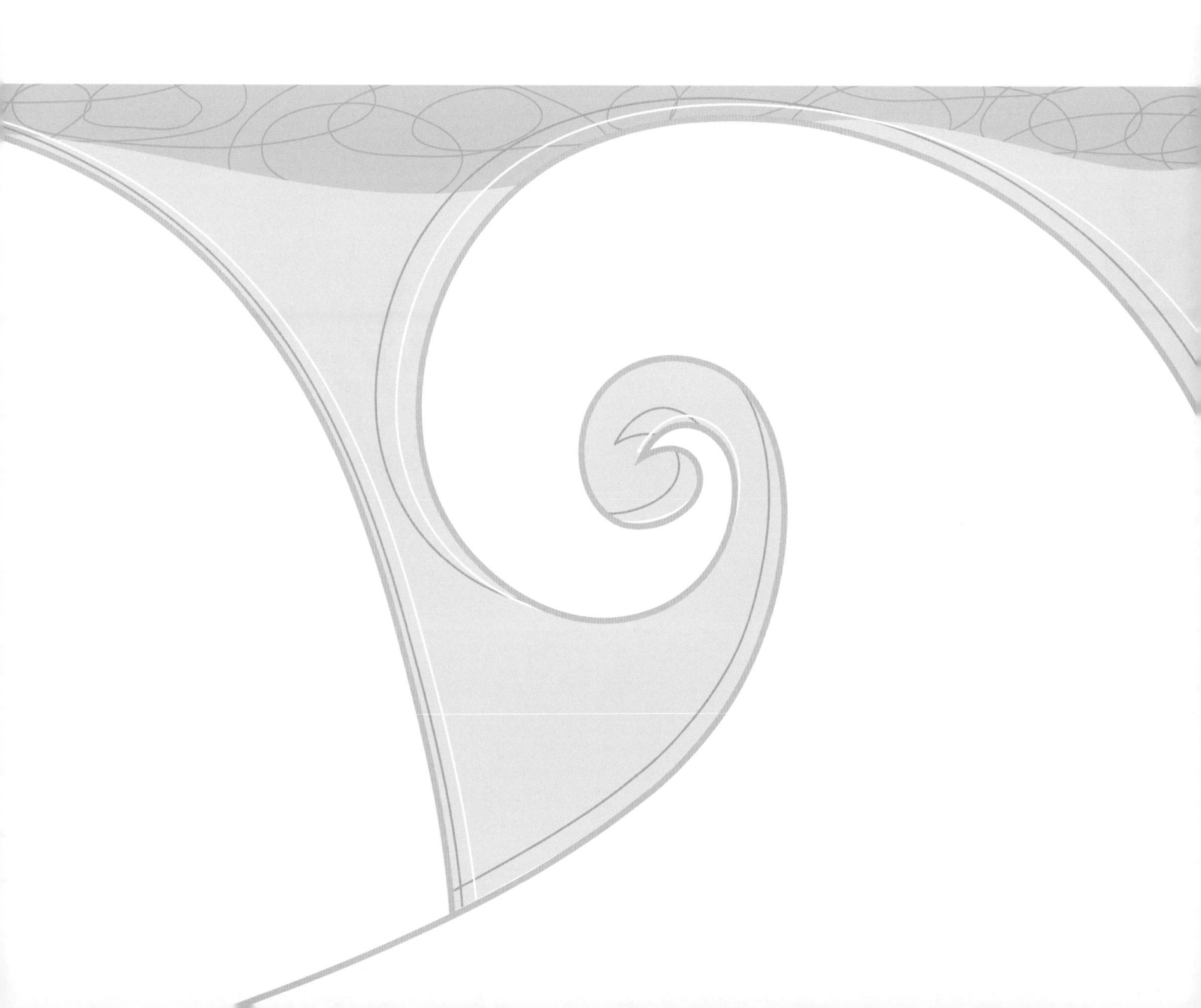

Caracoles de mar

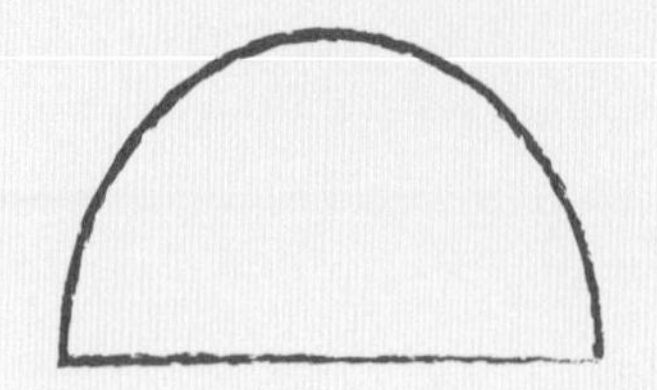

1 La concha del caracol es un semicírculo.

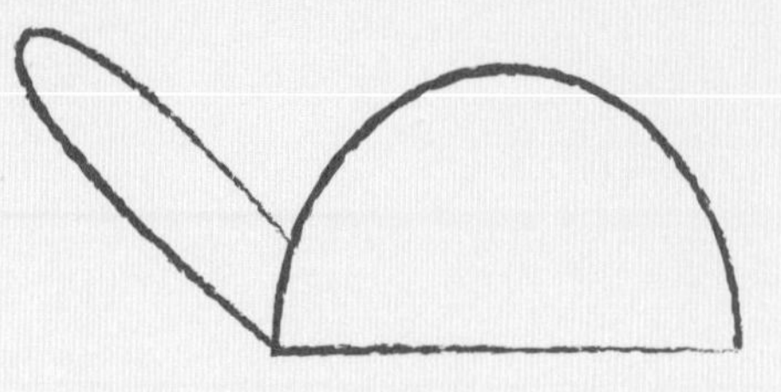

2 Dibuja la cabeza.

Intenta dibujar el tuyo...

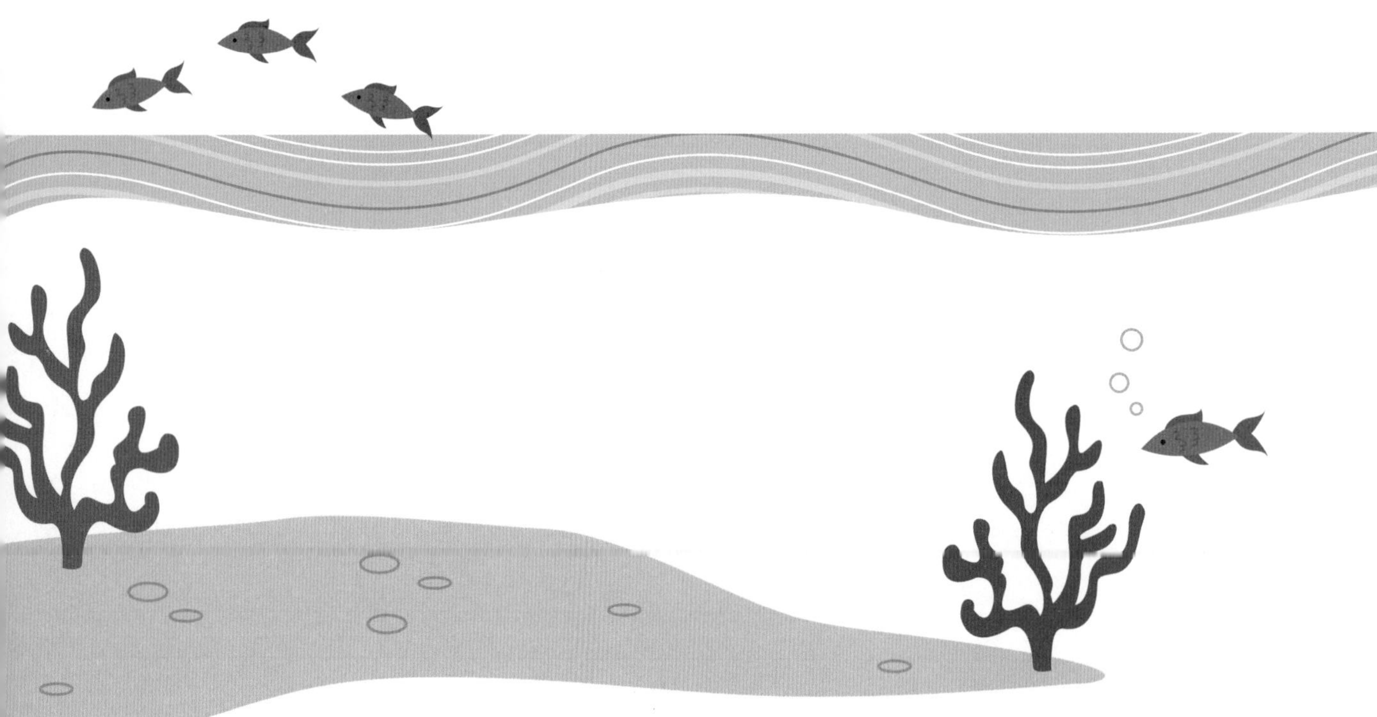

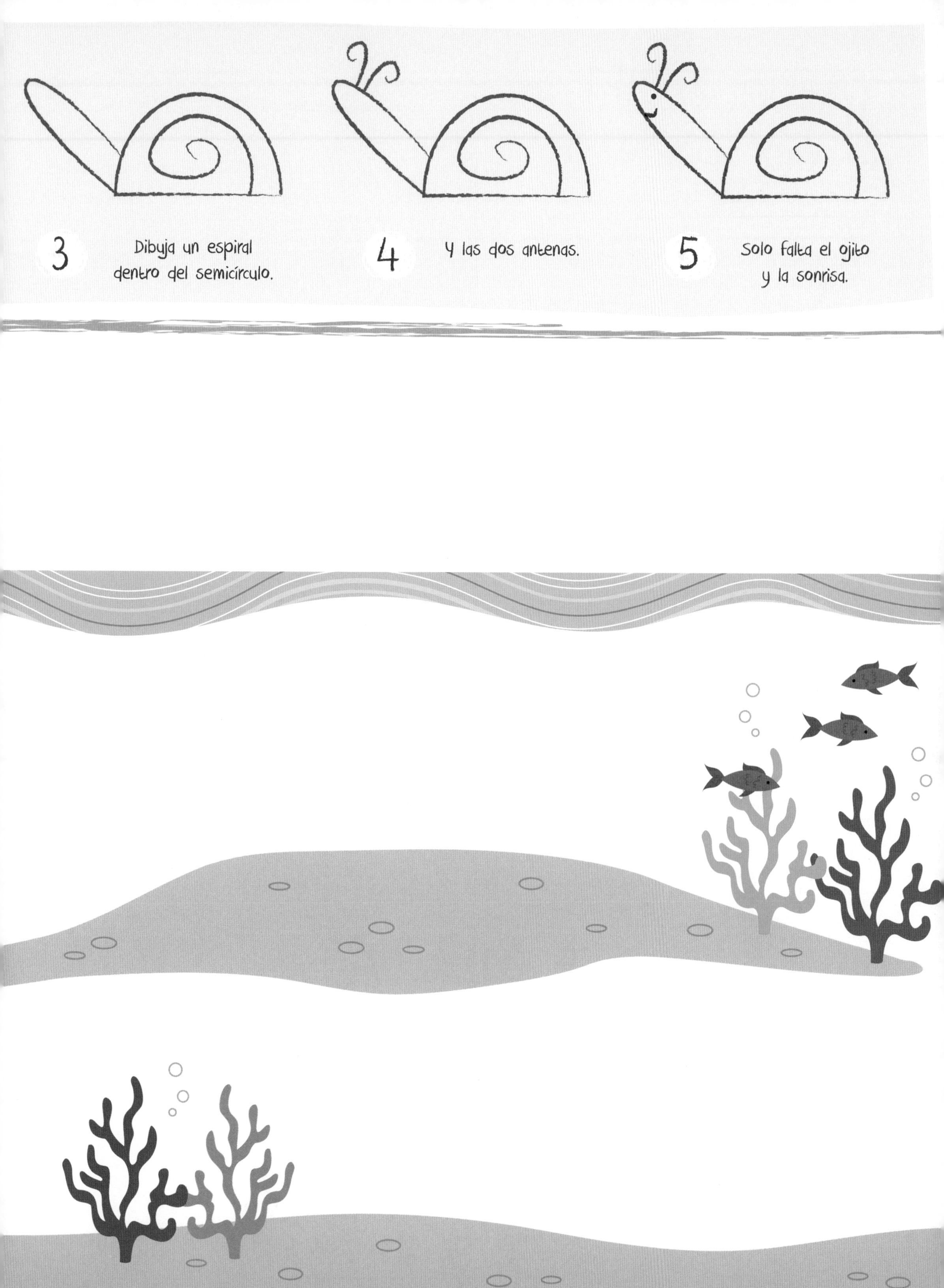
3
Dibuja un espiral
dentro del semicírculo.
4
Y las dos antenas.
5
Solo falta el ojito
y la sonrisa.

Una estrella de mar especial

1

Dibuja un círculo para hacer el cuerpo.

2

Ahora dibuja cinco puntas.

3

Dibuja círculos pequeños dentro de las puntas.

4

Dibuja una carita sonriente. ¡Ya está!

Intenta dibujar la tuya...

Caballitos de mar

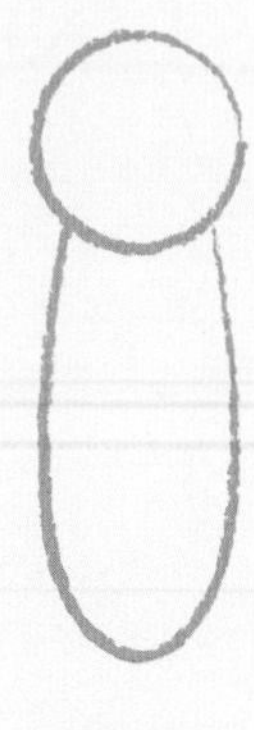

1

La cabeza es un círculo. Dibuja el cuerpo como muestra la figura.

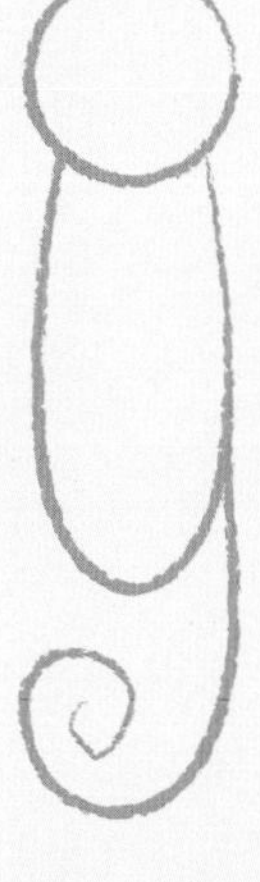

2

La cola es una línea que forma un rulo.

3

Dibuja la nariz y dos aletas.

4

Traza unas líneas cortas sobre su pancita, y dibuja la boca y el ojo. ¡Ya tienes tu caballito de mar!

Intenta dibujar el tuyo...

Una medusa alegre

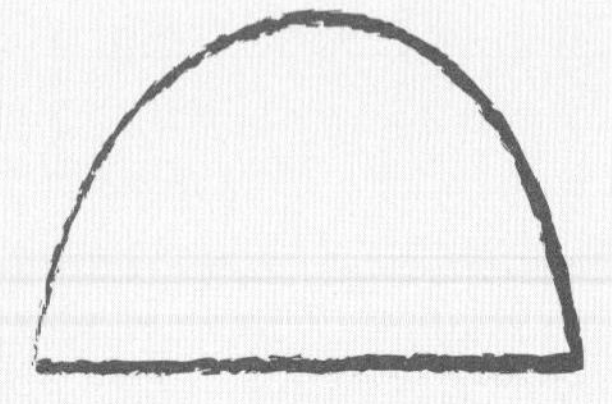

1

El cuerpo es un semicírculo.

2

Ahora dibuja líneas sinuosas que serán los tentáculos.

3

Y agrégale una carita alegre.

Intenta dibujar la tuya...

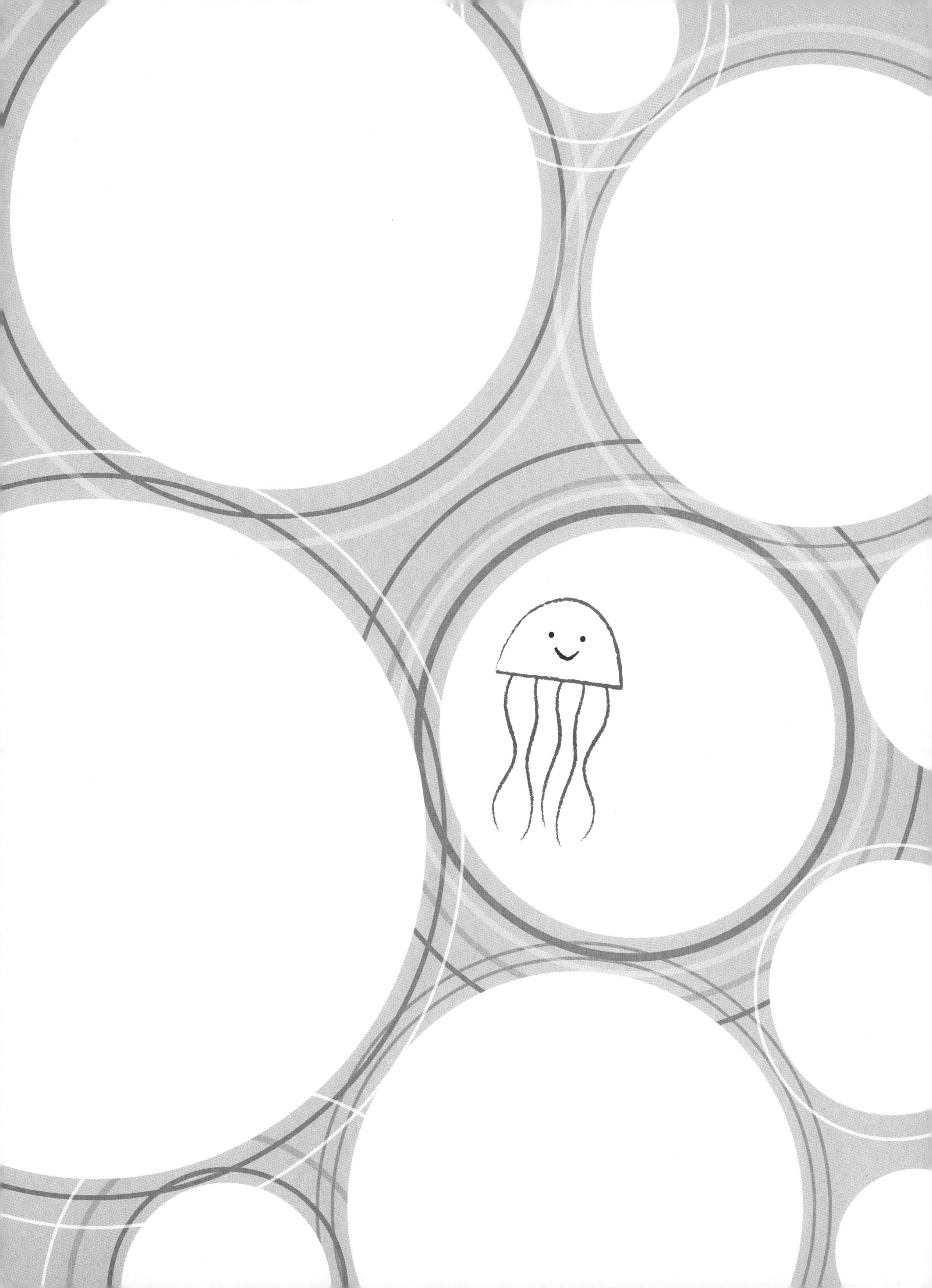

Orcas

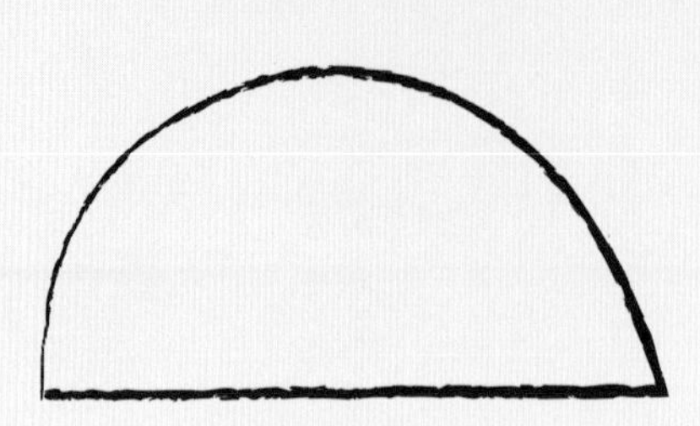

1 Dibuja un semicírculo para hacer el cuerpo.

2 Agrega una aleta y una línea curva que será la cola.

Intenta dibujar la tuya...

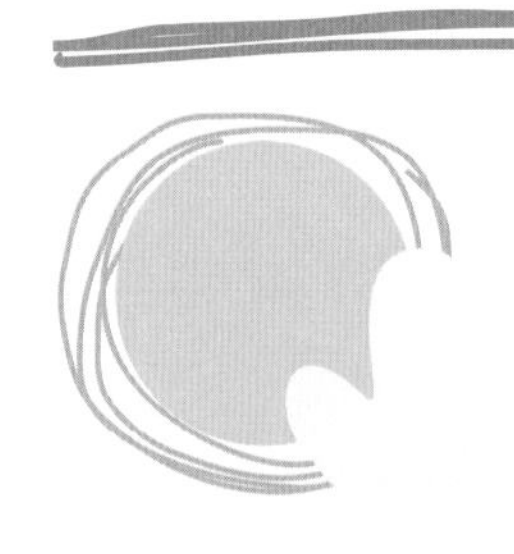

3 Termina la cola con dos aletitas, y dibuja otro semicírculo dentro del anterior.

4 Agrega un óvalo y una aleta más.

5 Solo falta el ojo y la gran sonrisa de tu orca. ¡Es fácil!

Un tren muy veloz

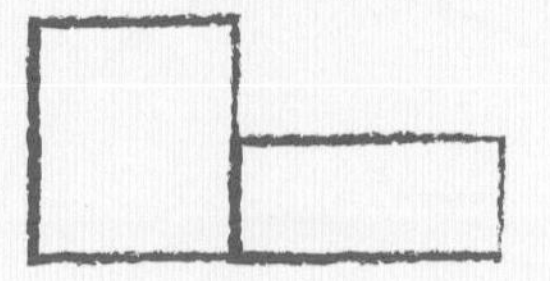

1 Dibuja un cuadrado y un rectángulo. Será tu locomotora.

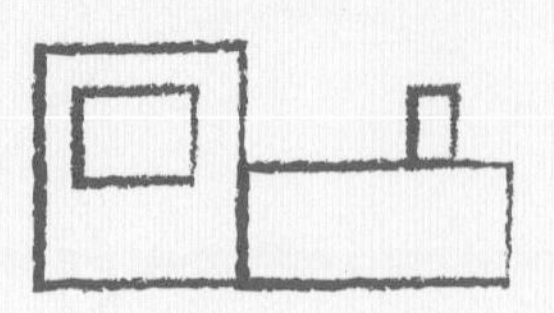

2 Ahora dibuja una ventana y una chimenea. Son rectángulos de distintos tamaños.

Intenta dibujar el tuyo...

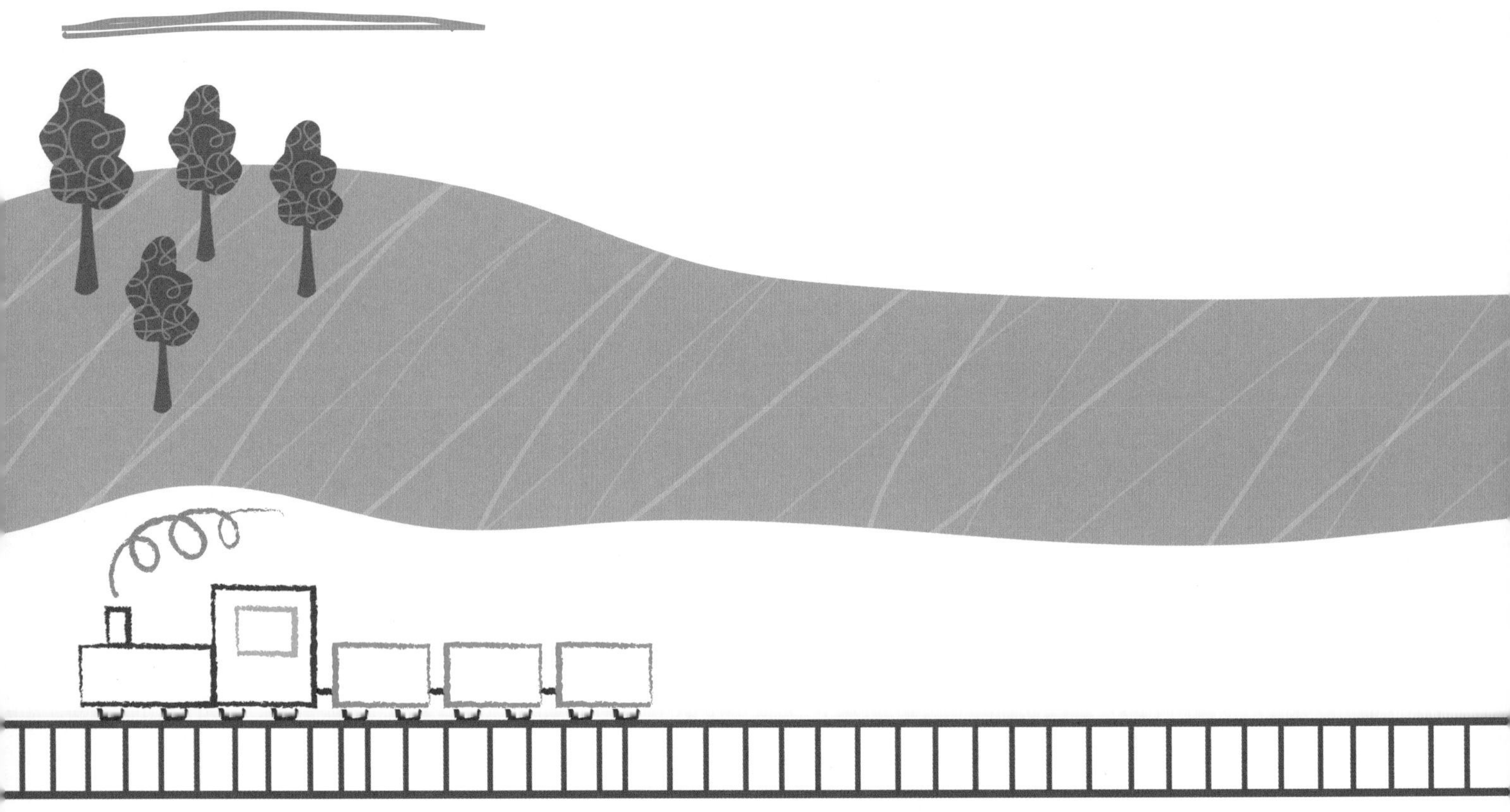

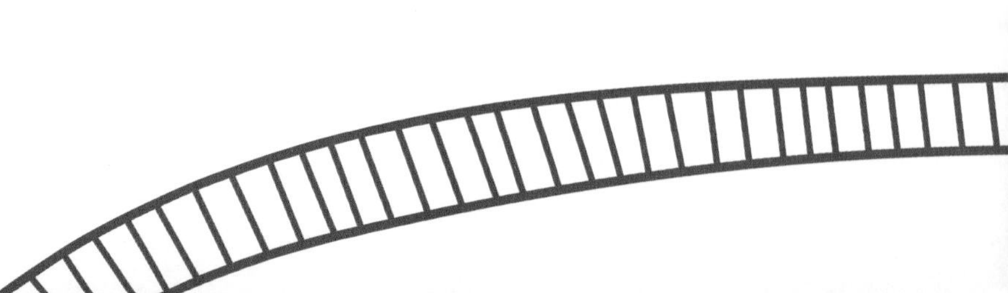

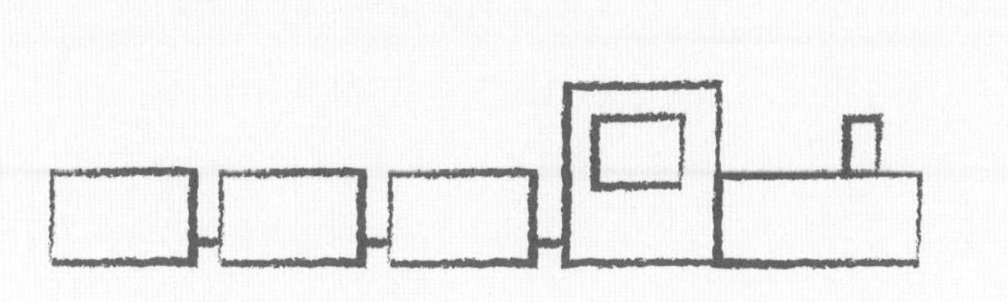

3 Los vagones son rectángulos. Dibuja todos los que quieras.

4 Las ruedas son semicírculos. Y de la chimenea sale humo.

Submarinos estupendos

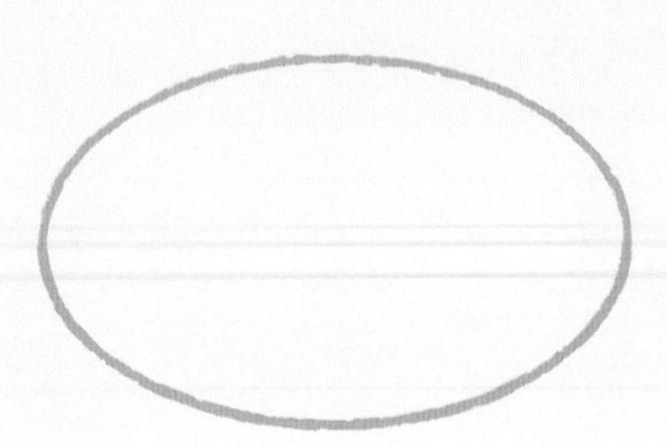

1

Dibuja un óvalo grande.

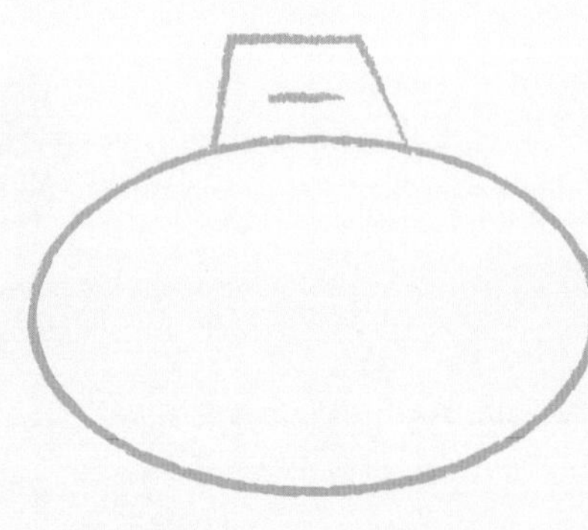

2

Agrega la torre.

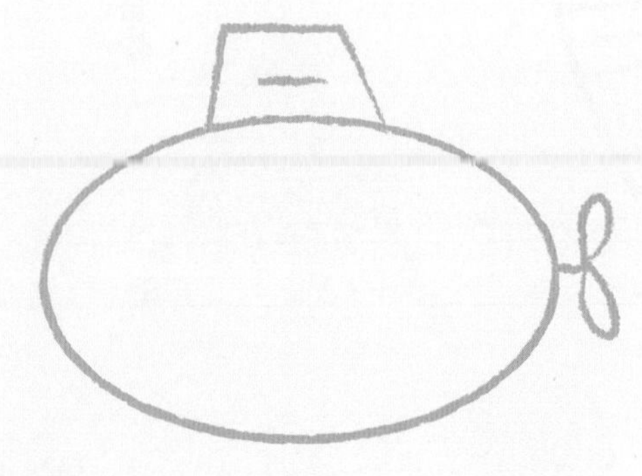

3

Y dibuja la hélice.

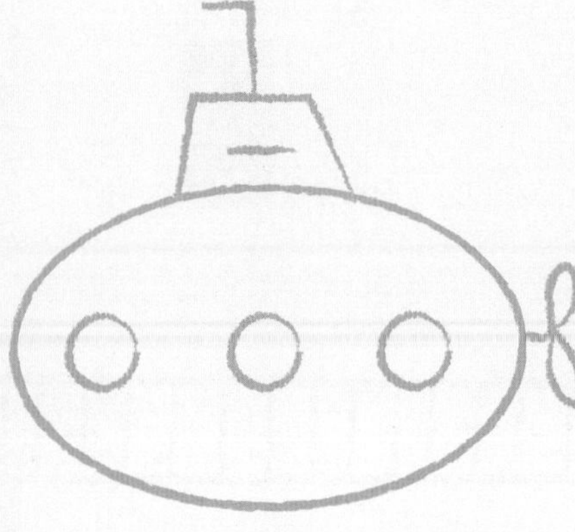

4

Faltan el periscopio y círculos para las ventanas.

Intenta dibujar el tuyo...

Autos de patrulla

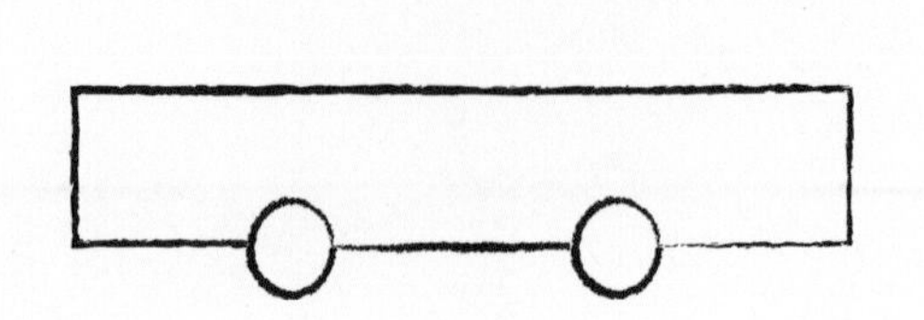

1 Dibuja dos círculos que serán las ruedas y un rectángulo que será la parte inferior del auto.

2 Ahora dibuja otro rectángulo por encima. Traza una línea recta para marcar las ventanas y puertas.

Intenta dibujar el tuyo...

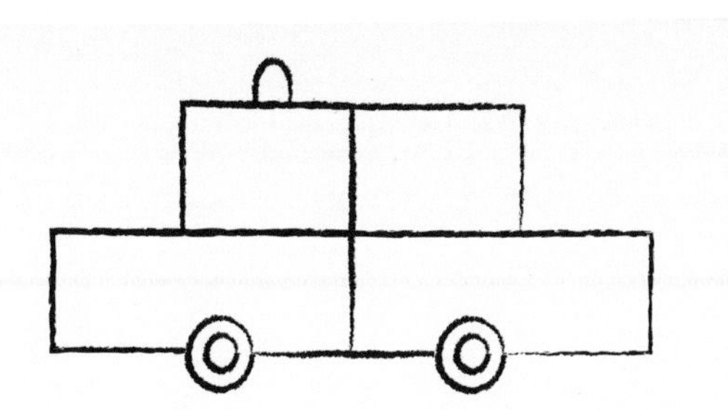

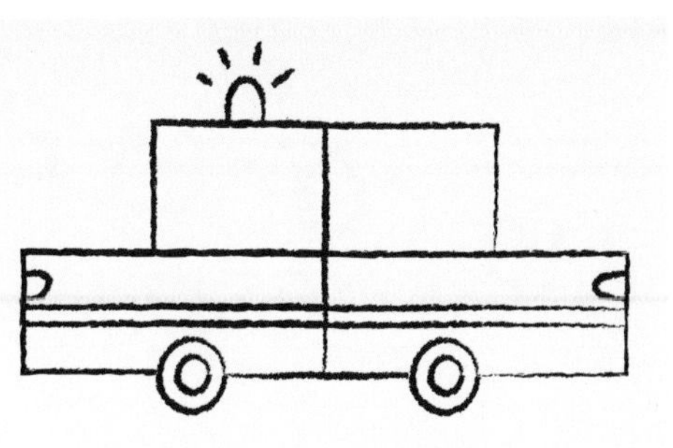

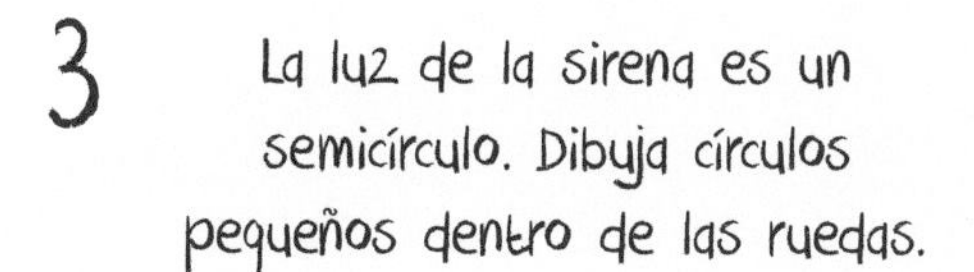

3 La luz de la sirena es un semicírculo. Dibuja círculos pequeños dentro de las ruedas.

4 Con líneas cortas, muestra cómo centellean las luces de la patrulla.

5 Faltan los faros y la banda del medio. ¡Ya tienes tu auto patrulla!

Un cohete espacial

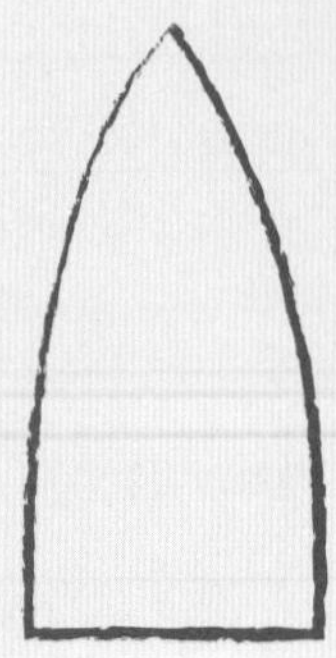

1

El cohete tiene forma de triángulo con lados curvos.

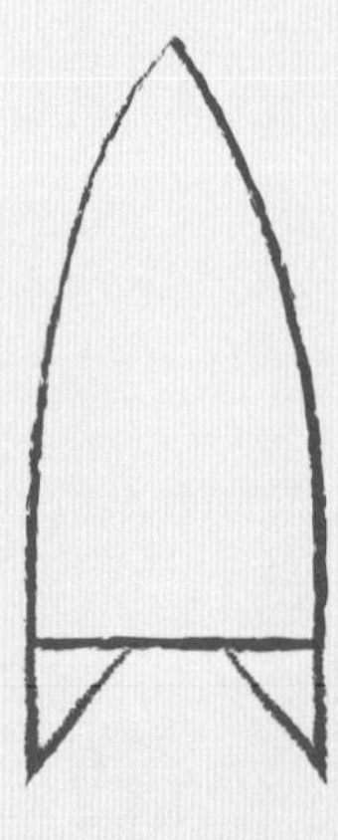

2

Agrega dos triángulos a la parte inferior.

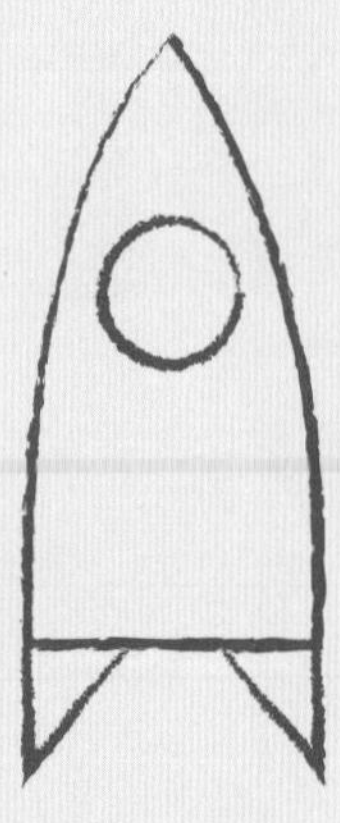

3

Ahora dibuja la ventana en forma de círculo.

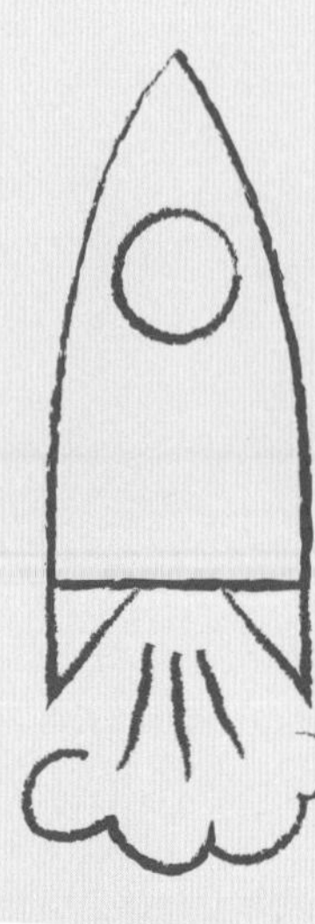

4

4, 3, 2, 1...
¡y despega!
Dibuja el humo.

Intenta dibujar el tuyo...

Globos aerostáticos

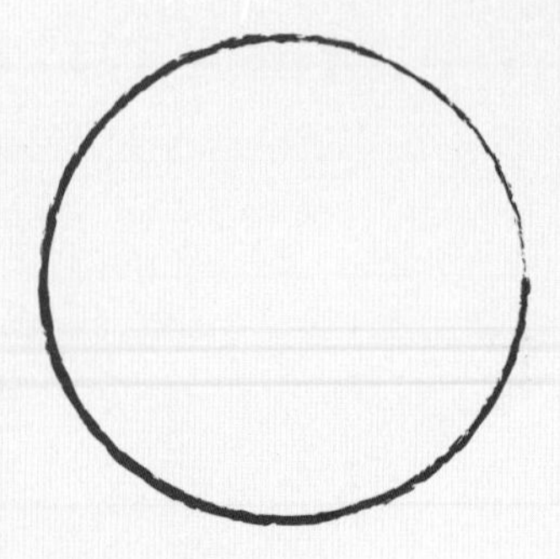

1

El globo es un círculo. Dibuja la canasta más abajo.

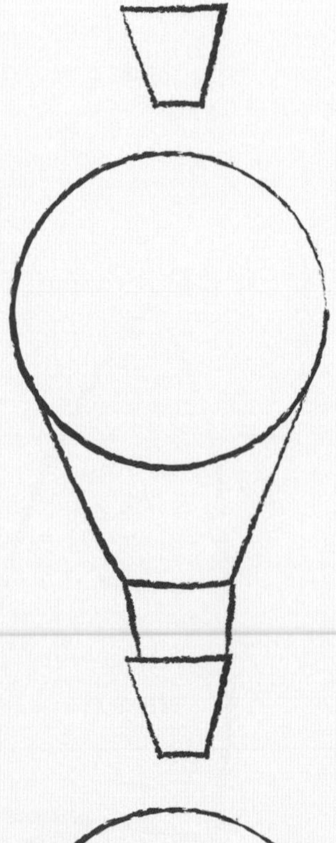

2

Une el globo a la canasta con líneas rectas.

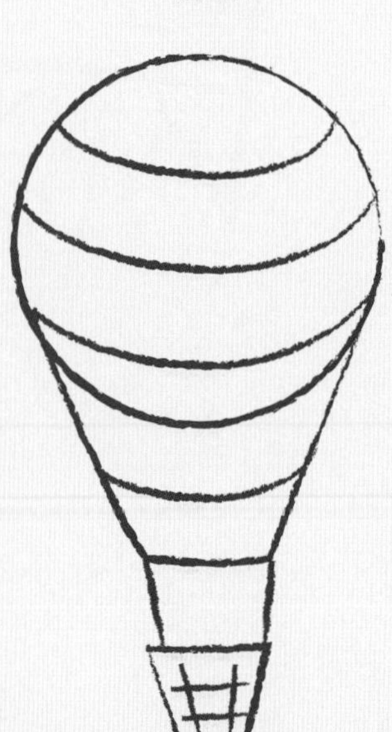

3

Decora tu globo y canasta como más te guste.

Intenta dibujar el tuyo...

Veleros aventureros

1

El casco del velero es un semicírculo.

Con una línea recta harás el mástil.

3

Las velas tienen forma de triángulo.

4

Solo falta la banderita, que es otro triángulo, bien alta.

Intenta dibujar el tuyo...

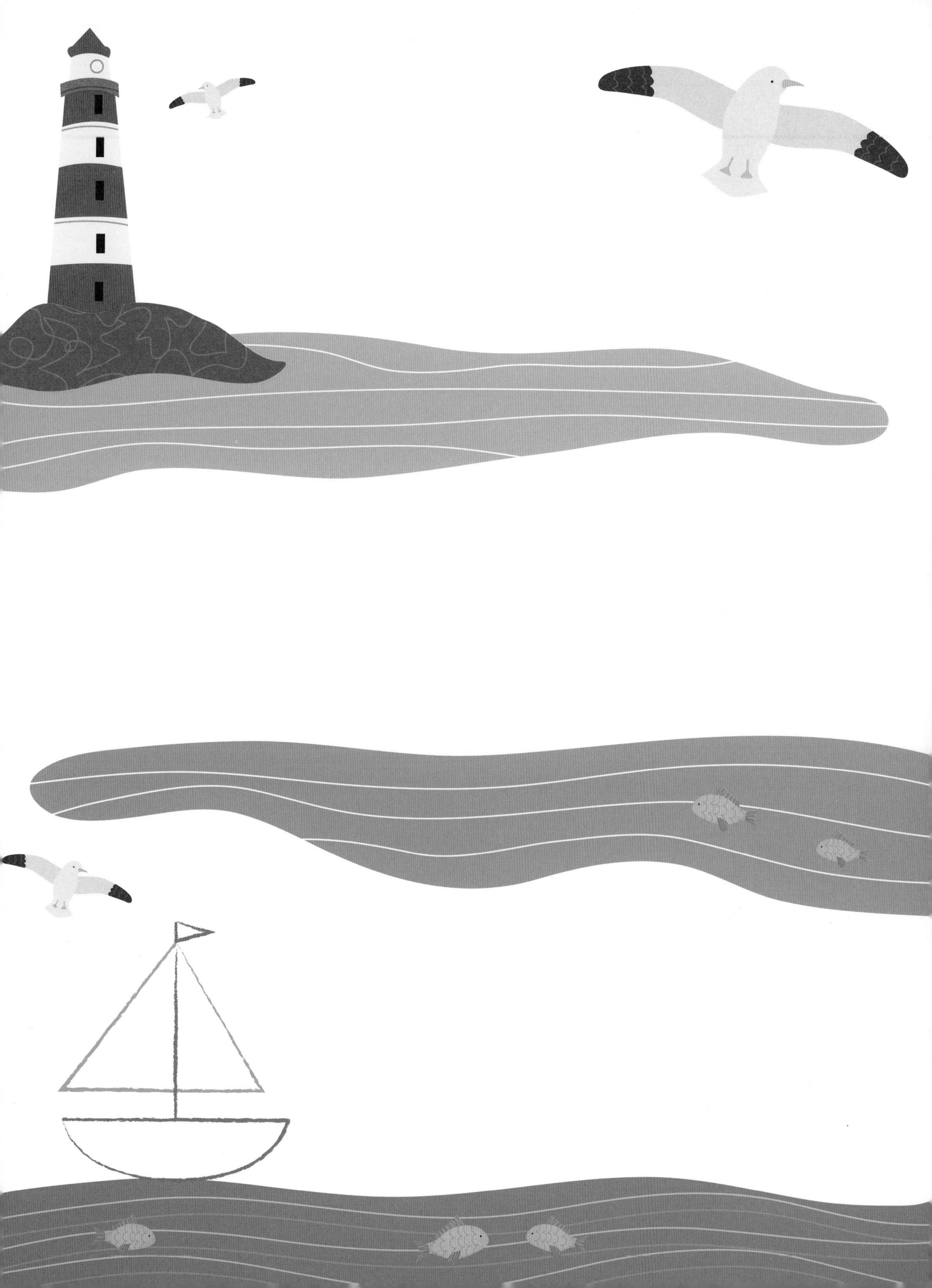

Camiones enormes

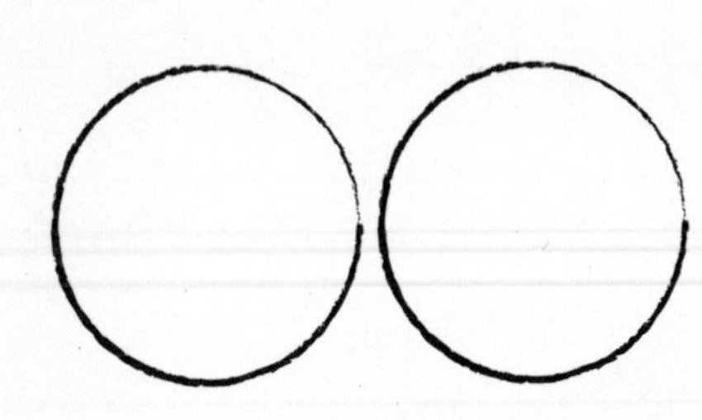

1

Dos enormes círculos serán las ruedas de tu camión.

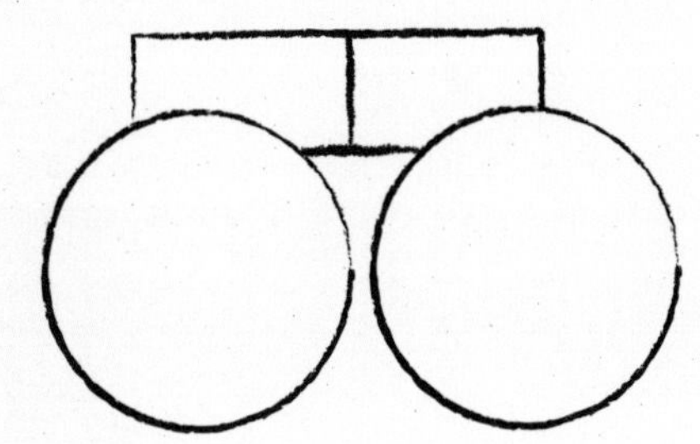

2

La carrocería es un rectángulo.

3

Dentro de las ruedas dibuja círculos más pequeños. Ahora dibuja la cabina.

4

Dibuja la ventana, los faros y la manija de la puerta, y termina las ruedas.

Intenta dibujar el tuyo...

Vuela en avión

1

La cabina del avión es un óvalo aplastado.

2

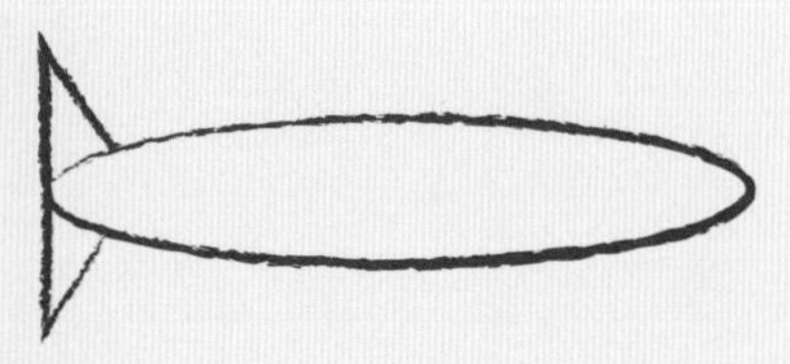

El timón del avión se forma con dos triángulos.

3

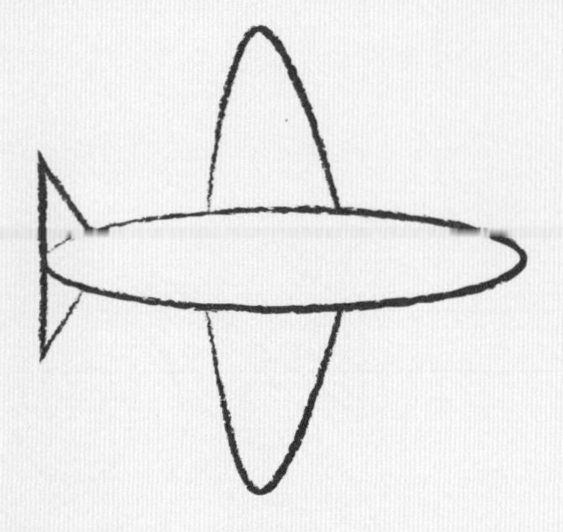

Dibuja las grandes alas.

4

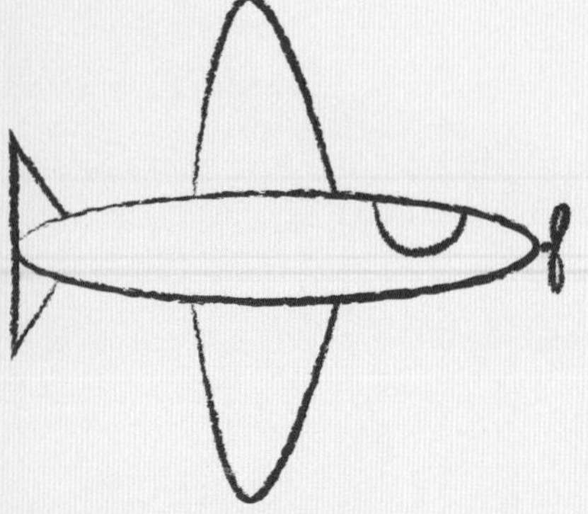

Agrega la ventana y la hélice para que pueda volar.

Intenta dibujar el tuyo...

Aerodeslizadores divertidos

1 Dibuja el cuerpo del aerodeslizador.

2 Agrega un gran semicírculo.

Intenta dibujar el tuyo...

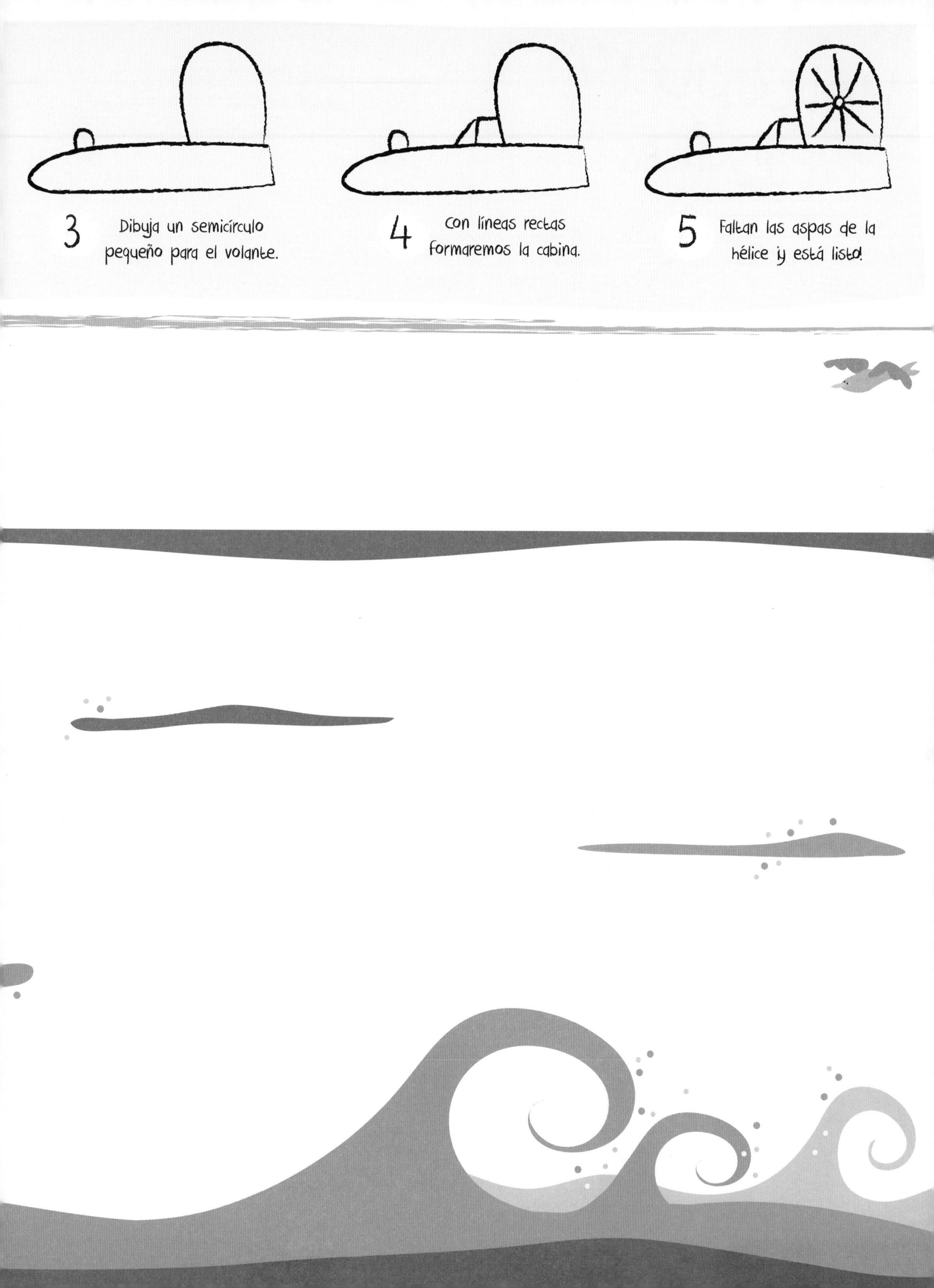
3
Dibuja un semicírculo pequeño para el volante.
4
Con líneas rectas formaremos la cabina.
5
Faltan las aspas de la hélice ¡y está listo!

Helicópteros gigantes

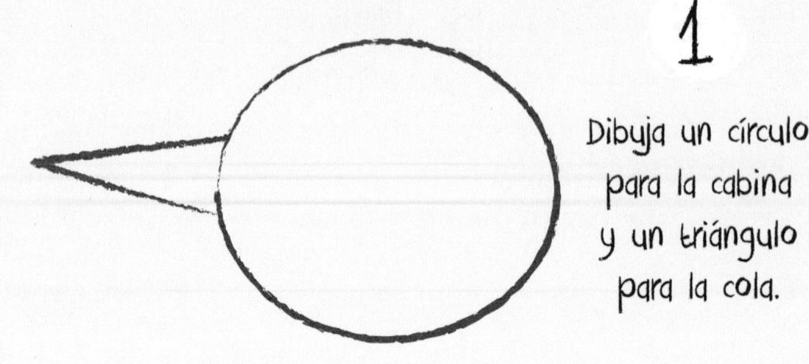

1

Dibuja un círculo para la cabina y un triángulo para la cola.

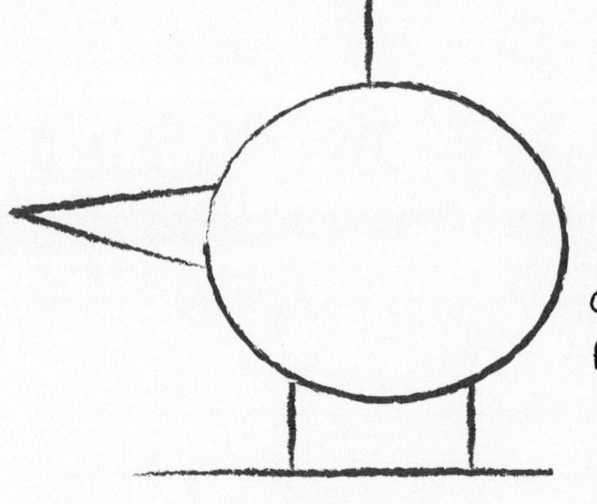

2

Con líneas rectas formarás la base y el eje de las aspas.

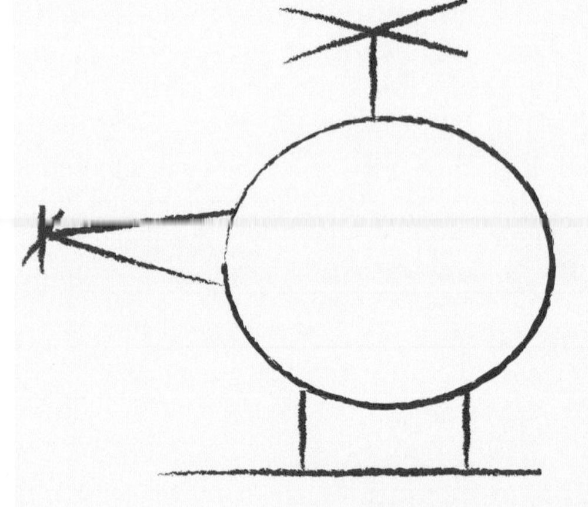

3

Ahora dibuja las aspas y el timón de cola.

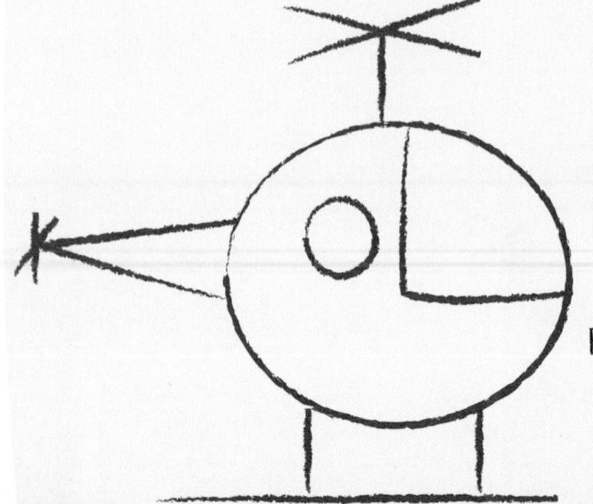

4

Falta el parabrisas y la ventana. ¡A volar!

Intenta dibujar el tuyo...

Excavadoras excepcionales

1 Dibuja el cuerpo de la excavadora y la oruga de avance.

2 Ahora dibuja el largo brazo.

Intenta dibujar la tuya...

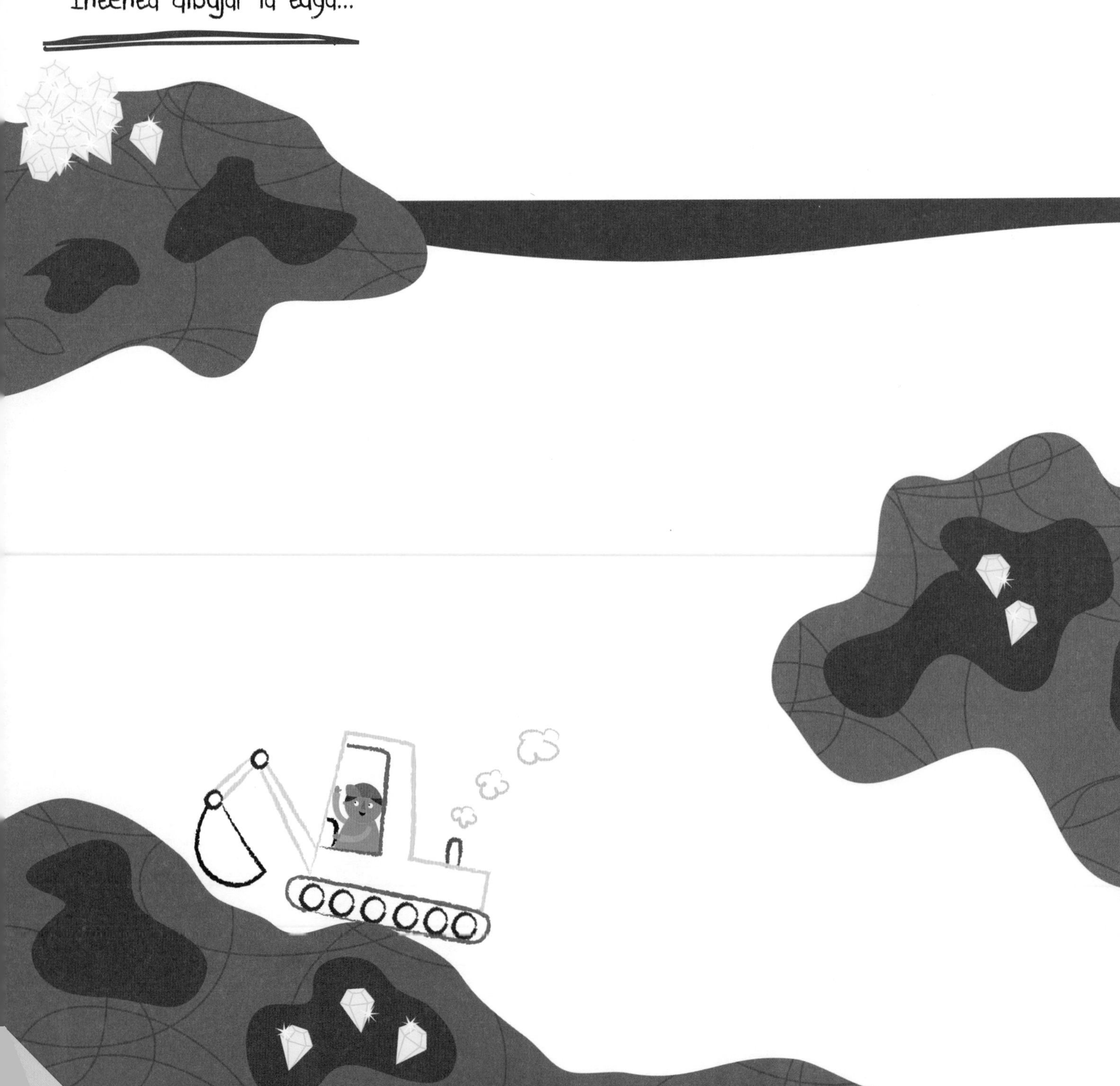

3 con un semicírculo puedes hacer la pala.

4 Ahora ponle la ventana y el caño de escape.

5 Dibuja el volante y las ruedas a lo largo de la oruga.

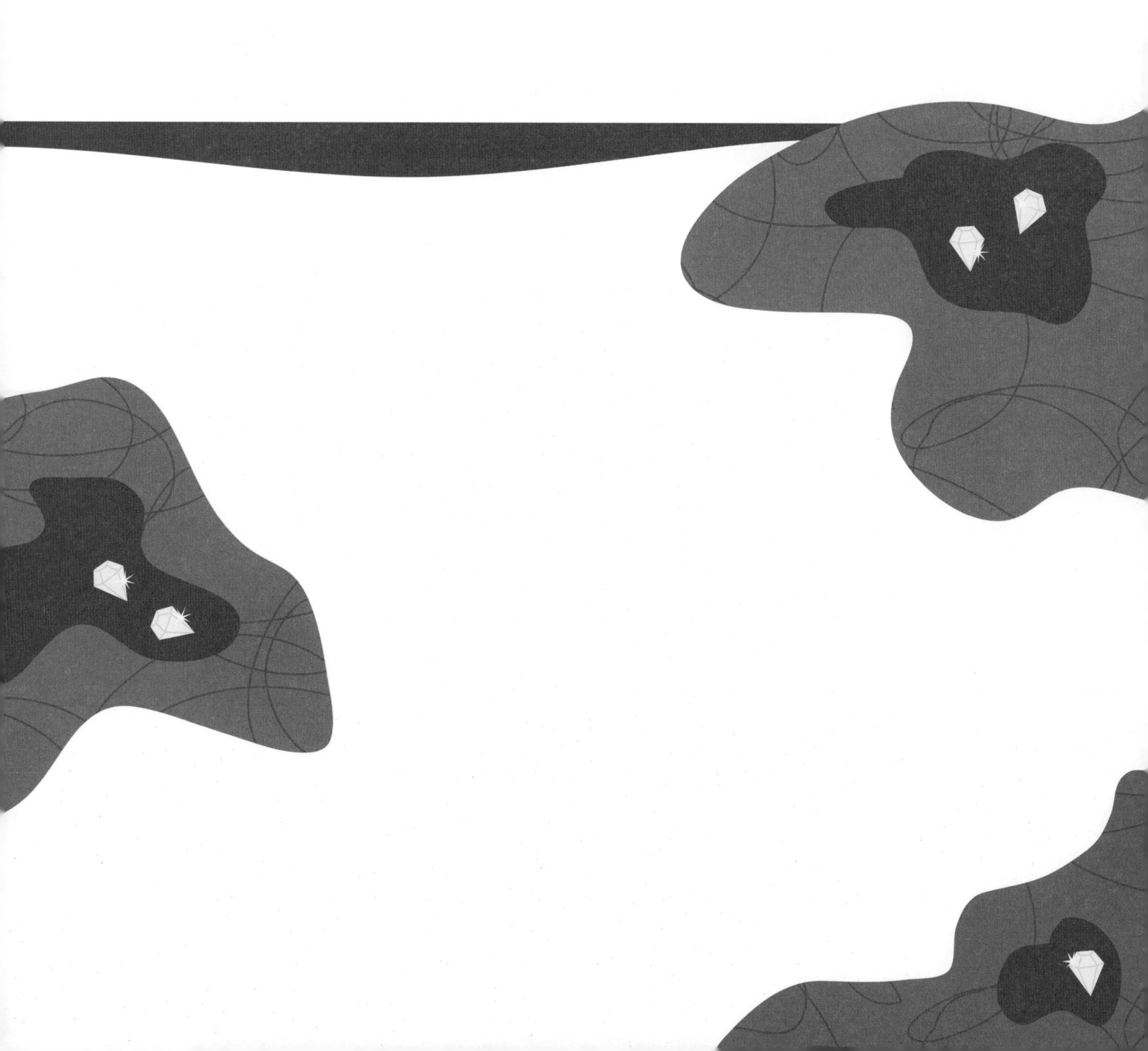

Camiones de carga

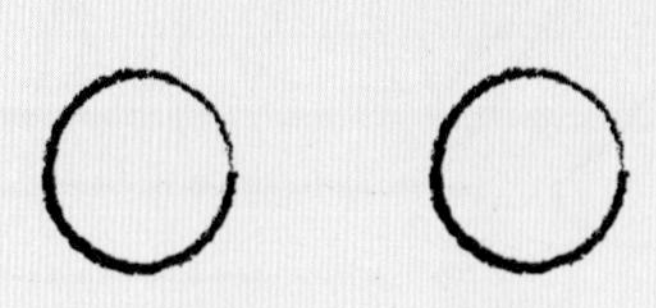

1 Dibuja dos círculos. Serán las ruedas.

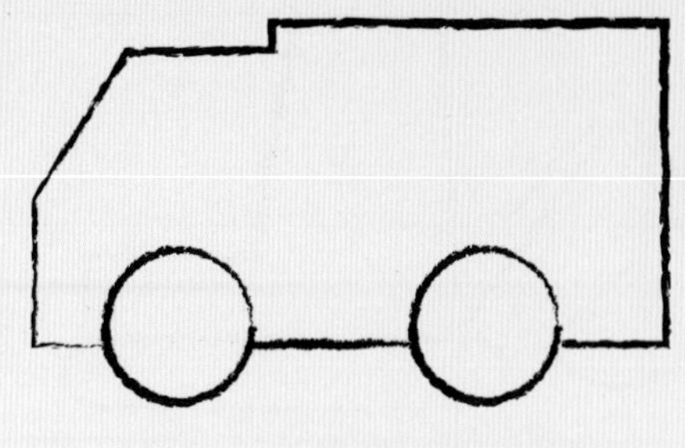

2 Ahora dibuja la carrocería del camión.

Intenta dibujar el tuyo...

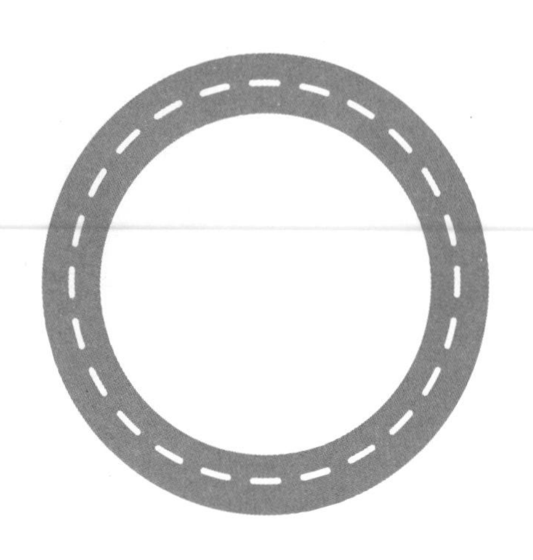

3 Dibuja la puerta y la ventana.

4 Con una línea separa la cabina de la parte trasera. Y dibuja círculos pequeños dentro de las ruedas.

5 Faltan los faros, el caño de escape y la manija de la puerta.

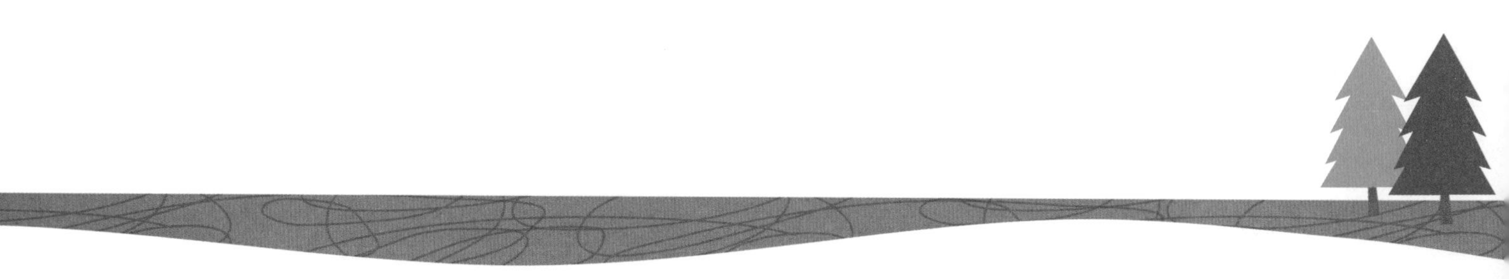

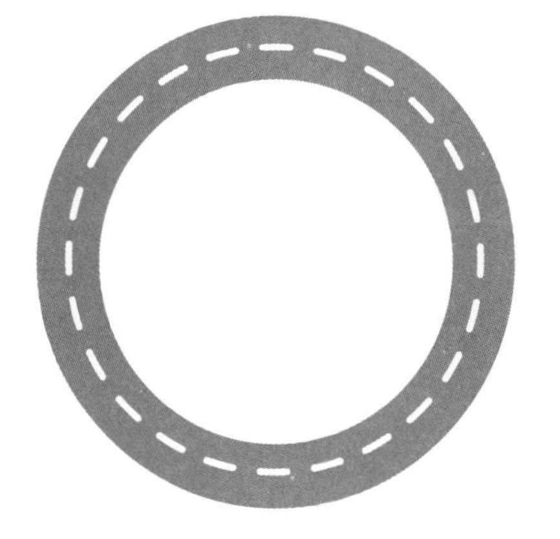

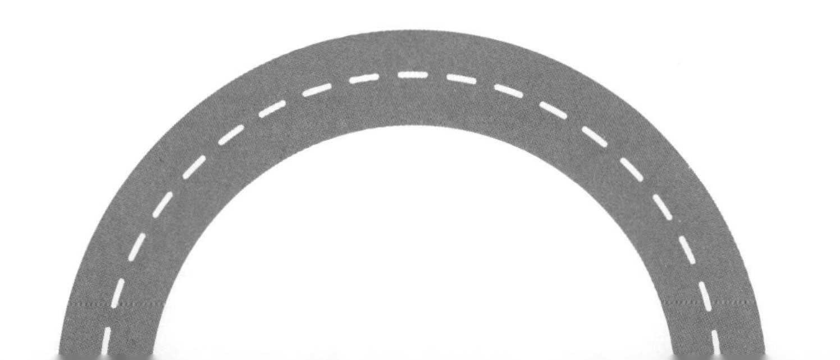

A dibujar caras

Dibuja distintas caras en tus personajes para mostrar su estado de ánimo.

Cara feliz

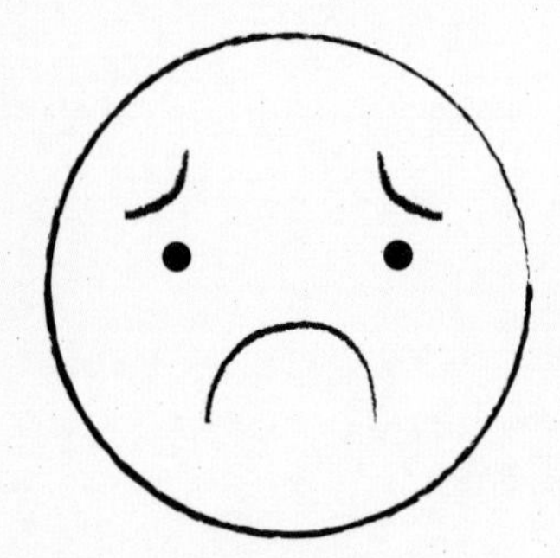

Cara triste

Cara enojada

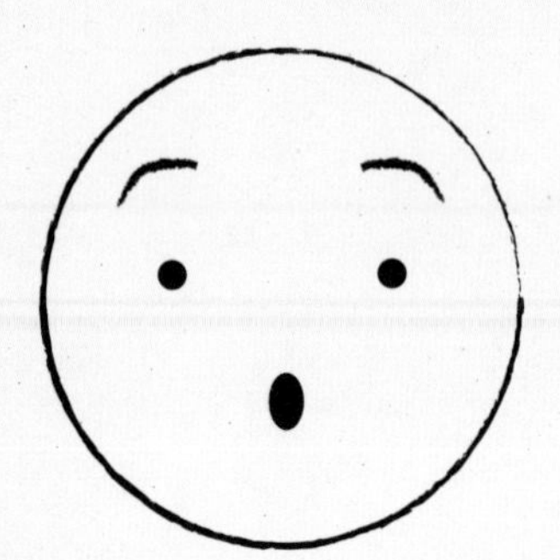

Cara sorprendida

Intenta dibujar la tuya...